KB097966

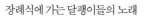
장례식에 가는 달팽이들의 노래

가브리엘 르페브르의 그림과 함께 읽는 시

장례식에 가는 달팽이들의 노래

초판 1쇄 발행 2017년 3월 22일

초판 2쇄 발행 2020년 3월 20일

지은이 자크 프레베르

옮긴이 오생근

펴낸이 정중모

편집인 민병일

펴낸곳 문학판

기획·편집·Book Design | Min, Byoung – il

Book Design | Lee, Myung – ok

편집진행 최은숙 | 홍보마케팅 김선규 윤소정

제작관리 윤준수 이원희 허유정 원보람

등록 1980년 5월 19일(제406 – 2000 – 000204호)

주소 경기도 파주시 회동길 152

전화 031 – 955 – 0700 | 팩스 031 – 955 – 0661

홈페이지 www.yolimwon.com | 이메일 editor@yolimwon.com

Printed in Korea

ISBN 979 – 11 – 88047 – 04 – 8 03860   책값은 뒤표지에 있습니다.

JACQUES PREVERT

Paroles ⓒ Editions Gallimard 1949   Fatras ⓒ Editions Gallimard 1966

Grand bal du printemps/Charmes de Londres ⓒ Editions Gallimard 1976

Illustrations ⓒ Gabriel Lefebvre, 2002   All rights reserved.

문학판은 열림원의 문학 · 인문 · 예술 책을 전문으로 출판하는 브랜드입니다.

문학판의 심벌인 무당벌레는 유럽에서 신이 주신 좋은 벌레, 아름다운 벌레로 알려져 있으며, 독일인에게 행운을 의미합니다. 문학판은 내면과 외면이 아름다운 책을 통하여 독자들께 고귀한 미와 고요한 즐거움을 드리고자 합니다.

이 도서의 국립중앙도서관 출판예정도서목록(CIP)은 서지정보유통지원시스템 홈페이지(seoji.nl.go.kr)와 국가자료공동목록시스템(nl.go.kr/kolisnet)에서 이용하실 수 있습니다. (CIP제어번호: CIP2017005671)

자크 프레베르 Jacques Prévert

시인, 극작가, 시나리오 작가, 샹송 「고엽」의 작사자인 자크 프레베르는 1900년 2월 파리 서쪽의 뇌이유 쉬르 센에서 태어났다. 보험회사에 다니던 아버지가 실직하게 되어 가난한 어린 시절을 보내면서도 예술을 사랑했던 아버지를 따라 연극과 영화 구경을 자주 했다고 한다. 학교 공부에 재미를 느끼지 못해, 1914년 초등교육과정 이수증을 받은 후 백화점 점원 등 여러 가지 일을 하며 청년기를 맞이한다. 1920년, 군에 입대하여 훗날 초현실주의 화가로 유명해진 이브 탕기를 만난다. 제대 후에 초현실주의자들의 잡지 『초현실주의 혁명』을 관심 있게 읽고 1925년에 탕기와 함께 초현실주의 운동에 참여한다. 일찌감치 학교를 떠났던 그에게 초현실주의 그룹은 또 다른 학교와도 같았고, 결국 프레베르는 1930년 초, 초현실주의 그룹에서 나오게 된다. 1932년, 노동자들을 대상으로 한 민중극단 「10월 그룹」에 가담한다. 「퐁트누아의 전투」, 「근친상간의 집안」 등이 당시에 그가 쓴 희곡들이다. 1946년 5월, 첫 시집이자 그의 대표작인 『말』(Paroles)이 출간되어 첫 주에 5,000부가 매진되는 기록적 성과를 거둔다. 그의 인기는 시대를 초월하여 전 세계적으로 확산된다. 그 이후의 시집들로는 『스펙터클』, 『비와 맑은 날』, 『이런저런 이야기들』 등이 있다. 그가 시나리오를 쓴 영화들은 〈해가 뜬다〉, 〈밤의 문〉, 〈밤의 손님들〉, 〈안개 낀 부두〉, 〈천국의 아이들〉 등이다. 프레베르는 1971년, 파리에서 멀리 떨어진 망슈 지방의 작은 마을 오몽빌-라-프티트로 이사하여 살다가 1977년 폐암으로 사망한다. 삶과 사랑과 자유를 사랑한 시인의 집과 무덤이 이 마을에 있다.

* 일러스트레이터 가브리엘 르페브르는 동화 삽화가로 일하다가 2000년부터 라퐁텐느, 랭보, 엘뤼아르 등의 시에 삽화를 그리고 있다.

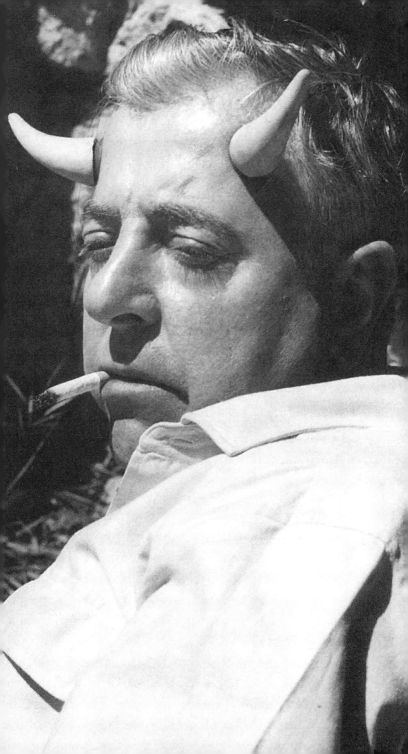

옮긴이 **오생근**

서울에서 태어나 서울대 문리대 불문과를 졸업하였으며, 1983년 프랑스 파리 10대학에서 「앙드레 브르통의 초현실주의 소설 3부작(「나자」, 「연통관들」, 「열애」)의 형태와 의미에 관한 연구」로 문학 박사학위를 받았다. 1970년 동아일보 신춘문예에 평론 「동물의 이미지를 통해 본 이상의 상상적 세계」가 당선되어 평론 활동을 시작했다. 평론집으로는 『그리움으로 짓는 문학의 집』(2000), 『문학의 숲에서 느리게 걷기』(2003), 『위기와 희망』(2011) 등과 연구서로는 『프랑스어 문학과 현대성의 인식』(2007), 『초현실주의 시와 문학의 혁명』(2010), 『미셸 푸코와 현대성』(2013)이 있다. 번역서로는 엘뤼아르 시집 『이곳에 살기 위하여』(1974), 미셸 푸코의 『감시와 처벌』(1994)과 초현실주의 문학의 대표작이랄 수 있는 앙드레 브르통의 소설 『나자』(2008)가 있다. 현대문학상(제41회), 대산문학상(제8회), 팔봉비평문학상(제23회), 우호학술상(제1회), 대한민국학술원상(제56회) 인문학 부문을 수상했다. 서울대학교 불문과 교수를 역임했으며, 현재 서울대 명예교수이다.

초현실주의자들이 도시에서의 산책을 즐겨 했던 것처럼, 그는 시간이 나는 대로 걷기를 좋아하고, 걸으면서 마주치는 모든 우연적 발견과 생각들을 소중하게 여긴다. 자크 프레베르의 시를 우리말로 적확히 옮기고 해설한 이 책은, 프랑스 초현실주의 문학을 평생의 업으로 삼은 전공자가 현실과 초현실의 경계를 넘어서서 삶의 진실을 찾아가는 정신적 여행의 향연이라 할 수 있을 것이다.

가브리엘 르페브르의
그림과
함께 읽는 시

장례식에 가는
달팽이들의 노래

자크 프레베르 시집

오생근 옮김 · 해설

문학판

개인적인 고백부터 시작하자면, 예전에 나는 프레베르를 잘 알지 못했다. 그를 모르면서도 안다고 착각했다. 대학에서 여러 해 동안, '20세기 프랑스 시'를 강의했을 때, 프레베르 차례가 되면 학생들에게 그를 프랑스의 일반 독자들이 가장 좋아하는 시인이자 이브 몽탕의 샹송으로 유명한 「고엽Les Feuilles Mortes」의 작사자로 소개하고, 그의 대표작인 「바르바라」, 「절망은 벤치 위에 앉아 있다」, 「열등생」, 「내 사랑 너를 위하여」 등을 읽게 했을 뿐이다. 이러한 강의 경험이 그의 시에 대한 내 터무니없는 자신감을 공고하게 만든 원인이었는지 모른다. 그 당시 나는 그의 시가 독특하다는 것을 인지했지만, 그렇다고 해서 그에 대해 특별한 관심을 가지고 연구할 뜻은 없었다.

그 이유는 첫째, 그가 동년배의 브르통, 엘뤼아르, 아라공 같은 초현실주의 시인들이나 르네 샤르, 프랑시스 퐁주 같은 지성적 시인들에 비해서 문학적 비중은 떨어진다고 생각했기 때문이다. 실제로 다른 시인들은 평생 시인의 길을 걸었던 반면, 프레베르는 시보다 영화에 더 많은 관심을 쏟기도 했다. 두 번째 이유는, 젊은 날 대학원 학생이었을 때 모리스 나도의 『초현실주의의 역사』를 읽으면서 1930

년 초 초현실주의 그룹의 리더인 브르통이 그룹을 정비하기 위해 축출한 여러 동료들 중에 프레베르가 포함된 것을 알고, 무슨 까닭에 서였는지는 모르지만 그의 대중적(?) 시가 초현실주의의 실험적인 문학적 이념에 맞지 않아 그가 제명되었을 것이라고 단정 지은 데 있었다.

그 이후 이러한 편견은 바로잡힐 기회를 갖지 못한 채 내 머릿속에서 거의 사실처럼 자리잡았다. 프레베르에 대한 나의 잘못된 이해 혹은 선입견을 바로잡을 수 있게 된 것은 정년을 맞아 자유로운 시간 속에서 우연히 이브 쿠리에르가 쓴 프레베르 전기를 읽고서였다. 그 전기에 의하면, 프레베르는 초등교육과정을 이수한 다음, 가난한 집안형편 때문이기도 했겠지만, 더 이상 학교를 다니고 싶은 생각이 없었던 까닭에 학교를 떠나 온갖 직업을 전전하며 생활비를 벌었다고 한다. 그가 초현실주의 그룹에 합류한 것은 군대에서 가깝게 지낸 화가 이브 탕기의 제안에 의해서였다. 그때가 1925년이었다. 그는 1930년까지 초현실주의 그룹에 속해 있으면서 많은 토론이나 실험에 참여하기는 했지만, 시를 쓰지도 않았고 시인 행세를 하지도 않았다고 한다. 그러니까 초현실주의와의 결별 이유가 그가 쓴 시 때문이라는 나의 추측은 완전히 잘못된 것이다. 그의 첫 번째 시집 『말』에 실린 시들이 1930년부터 1944년까지 씌어진 것이라면, 그는 초현실주의 그룹에 있는 동안 그 나름대로 시와 문학 공부를 하기는 했겠지만, 그룹에서 나온 다음부터 시를 쓰기 시작했다.

이브 쿠리에르가 쓴 전기 못지않게 프레베르에 대한 나의 몰이해

혹은 편견을 뒤바꿔놓은 것은 바타유가 쓴 「석기시대에서 자크 프레베르까지」라는 매우 주목할 만한 비평을 읽고서였다. 바타유에 의하면, 프레베르의 새로운 시는 "그동안 시의 이름으로 정신을 경직되게 만들어온 모든 것에 대한 생생한 거부이자 조롱"이고 '사건의 시'이다. 여기서 사건이란 위반과 전복과 변화를 의미한다. 그러니까 프레베르는 대중적 시인이라기보다는 오히려 기존의 가치와 질서에 대한 위반과 전복과 변화의 시인이라고 할 수 있다.

나는 그에 대한 오해와 편견을 반성하기 위해 그의 시 전집을 구해 읽었고, 프레베르가 매우 대단한 시인임을 깨달으면서, 그의 시들을 번역해보고 싶은 생각을 갖게 되었다. 마침 가브리엘 르페브르의 멋진 그림과 함께 비교적 많은 시들이 다양하게 수록된 이 책을 발견하여 본격적으로 번역에 착수할 수 있었다. 이 작업은 2016년 초, 두 달 간 미국의 애틀랜타에 사는 딸 집에 머무르면서 진행되었다. 번역과 해설을 병행해서 하는 동안, 프레베르의 시와 관련하여 두 가지 의미 있는 우연적 사건을 경험했다.

하나는, 어느 날 찾아간 애틀랜타 하이 미술관High Museum에서 피에르 보나르P. Bonnard(1867~1947)의 「아침식사Le petit déjeuner」(1922)라는 그림을 보았을 때였다. 그림을 보지 않고 제목만 본다면, 어떤 가정의 밝고 분주한 아침식사 장면을 떠올릴 수 있을 것이다. 그러나 이러한 예상과는 달리, 그림은 단란하고 평화로운 아침식사의 정경이 아니라 어두운 색조를 배경으로 혼자 울고 있는 여자의 모습을 보여주었다. 그 여자는 왜 울고 있는 것일까? 왜 화가는 여자가 아침식사를 하고 있지 않은데도 그런 제목을 붙인 것일까? 이런 의문을 품으면서 동시에 프레베르의 시 「아침식사」를 연상하게 된 것은 당연했다. 프레베르의 「아침식사」 역시 울음을 터뜨리는 여자의 모습을 보여주기 때문이다. 다만 차이가 있다면, 시에서는 두 사람이 등장하고, 여자가 왜 울게 되었는지를 독자가 짐작할 수 있는 근거가 있다. 여자는, 아무 말도 없이 냉정하고 무뚝뚝한 모습으로 아침식사를 마친 남자가 집 밖으로 나가는 것을 보고, 이별을 예감했기 때문이다. 프레베르의 시를 먼저 읽은 사람이라면, 보나르의 「아침식사」에서 여자가 왜 울고 있는지를 이해할 수 있을 뿐 아니라, 프레베르가 보나르의 그림을 보고 영감을 얻어 시를 쓴 것이 아닐까라고 생각할 수도 있다. 물론 이런 추측은 사실이 아닐지 모른다. 그러나 화가가 울고 있는 여자의 슬픈 표정을 설명하지 않는 이상, 그 해석은 독자의 몫일 수 있다. 작품의 동기나, 작가의 의도는 중요한 문제가 아니기 때문이다.

또 하나의 의미 있는 사건은, 시 번역을 마친 후, 서울에서 떠날 때 프레베르의 시집과 함께 가져갔던 사마요의 『롤랑 바르트』(2015) 전기를 읽다가 바르트의 '어린 시절'이 언제 어떻게 끝났는지를 알게 되었다는 것이다. 누구나 자신이 '어린 왕자'였던 행복한 '어린 시절'이 있는 법이다. 그러나 그 어린 시절이 언제까지였는지는 사람마다 다를 수 있다.

열 살 때까지 일체감을 가졌던 홀어머니가 일터에서 만난 유부남과 사랑에 빠져 아이를 갖게 된 것을 알았을 때, 그는 자신의 '어린 시절'이 그때 끝나게 되었음을 고백한다. 나는 바르트의 이 사연을 프레베르의 시 「깨어진 거울」의 해설자료로 삼았다. 아름답고 행복한 '어린 시절'이 참담하게 깨어지는 과정을 그린 이 시를 설명하는 데 있어서 바르트의 예가 매우 적절했기 때문이다.

나로서는 이 두 가지 우연적 발견이 뜻밖의 수확이었다. 초현실주의를 공부하면서 알게 된 것이기도 하지만, 인생에서 우연처럼 중요한 일도 없다는 것을 확인할 수 있었다. 모든 우연의 가치는 객관적 사실에 좌우되기보다 그것을 받아들이는 사람의 주관적 이해에서 비롯된다. 지난날을 돌아보면 참으로 많은 우연들이 나의 삶을 결정지었고, 많은 '좋은 사람들'과의 우연적 만남이 오늘의 '나'를 만든 원동력이었다고 생각한다. 실제로 모든 우연들은 막막하거나 어려웠던 삶의 한순간에 찾아와 늘 새로운 삶의 길을 열어주었다. 그런 점에서 「고엽」의 화자가 사랑하는 사람들을 헤어지게 만든 인생을 원망하기보다 오히려 그들을 만나게 해주었던 인생에 감사한다고 말했듯이 나는 모든 우연들의 삶에 감사한다. 또한 이제 내 삶에 또 하나의 우연으로 슬며시 들어와 새로운 세계를 경험하게 해준 프레베르와 그의 시들에게도 감사한다.

2017년 2월

차례

I

내 목소리만
노래하는 건 아니라네…

II

동물의 고민

III

학교에서 나와

IV

예정했던 대로

V

사랑의 달콤하고
위험한 얼굴이…

VI

실물처럼

VII
꽃과 왕관

VIII
인생이 목걸이라면

IX

가정적

X

사회에서 웃는 자가
되기 위해

I

내 목소리만
노래하는 건
아니라네…

마음의 소리

―앙리 크롤라에게

노래하는 건 내 목소리만이 아니지

다른 목소리들 많은 목소리들

오늘이나 예전의 목소리들

유쾌한 명랑한 목소리들

절망의 경탄의 목소리들

비통한 낙심한 목소리들

괴로움과 즐거움이 가득한 목소리들도 있지

그건 아주 최근에 겪은 슬픔의 목소리

죽은 사랑이거나 살아 있는 사랑의 목소리

불쌍한 도망자의 목소리

풍덩 소리를 내며 물속에 빠진 사람의 목소리

그건 겁에 질린 새의 목소리

주아 가衛[1] 길 위에서

추위에 얼어죽은 참새의 목소리

그저 간단히 참새의 목소리이기도 하지

그리고 내가 노래할 때면 언제나 언제나

저 새는 나와 함께 노래하지
언제나 언제나 살아 있는
저 불쌍한 소리는 나를 보고 떨고 있지
저 새가 노래하는 모든 것
내가 본 모든 것 내가 아는 그 모든 것을
전부 다 말한다면
그건 수다스런 말이거나 불충분한 말이 되겠지
그래서 그 모든 것을 다 잊고 싶지

다른 목소리들은 오래전부터 되풀이되는 노래를 부르지
그건 그들의 기억이거나 나의 기억일 수도 있지
나에게는 하나밖에 없는 마음의 소리도 있지
나는 불행을 원치 않아 불행을 원치 않아
불행이 나에게 주는 느낌은 똑같을 거야
하지만 나는 알지 불행이 두렵다는 것을
불행은 우리가 결혼해서 함께 산다고 말하지
그 말이 사실이라도 나는 전혀 믿고 싶지 않아

나는 냉정한 마음으로 눈물을 참지
눈물을 그들에게 보이고 싶지 않아서지
개인적인 슬픔이 있더라도
비상제동장치를 잡아당기면

눈물의 열차는 굴러갈 수 없을지 모르지
그리고 풍경을 바라보지
보기 싫은 풍경이 나타나도
풍경이 아름다워지기를 기다리면 되겠지

절망의 세관원들이
내 가방을 찢어서 열어볼 수도 있겠지
내 몸을 여기저기 만지면서 나를 심문할 수도 있겠지
신고할 것이 하나도 없는데도
사랑도 나처럼 여행 중이지
언젠가 그 사랑을 만날 수가 있겠지
사랑의 얼굴이란 보자마자
금방 알아볼 수 있는 법

프레베르의 시에서 1인칭은 개인적이고 주관적인 것이 아니라, 사회적이고 보편적인 것이다. 시인은 1인칭의 보편성을 통해 사회의 폭력과 불평등에 저항하는 사람들이라면 누구나 공감할 수 있는 진실에 대한 믿음과 우정의 연대감을 표현한다. 이 시는 1960년에 만들어진 직후 에디트 피아프의 샹송으로 널리 알려진 노래이다.

조르주 바타유는 프레베르의 시집 『말』에 대한 비평에서 시와 마음의 소리le Cri와의 관계를 이렇게 설명한다. "시는 일반적인 언어의 가능성을 넘어서는 것을 표현하려는 작업이다. 시는 말을 이용해서 말의 질서를 전복하는 것이다. 그것은 우리의 마음속에서 더 이상 환원될 수 없는 것, 우리의 마음속에서 우리를 넘어서는 보다 강력한 어떤 것을 나타내는 '소리'이다."(「석기시대에서 자크 프레베르까지」) 이런 점에서 '마음의 소리'는 우리의 마음속에 있는 본질적인 것, 모호하면서도 더 이상 환원될 수 없는 원소와 같은 것, 생동하는 목소리, 우리의 의지로 통제할 수 없는 강력한 감동의 소리, 적당한 기회가 되면 언제라도 우리의 마음 밖으로 뛰쳐나오려는 절박한 소리를 의미한다고 할 수 있다. 또한 그 소리의 원천은 내가 보고, 듣고, 느끼고, 경험한 모든 것이 될 수 있다. 그 마음의 소리에게 혼란스럽고 모호하면서도 동시에 적합하고 명징한 언어의 형식을 부여하여, 여하간 그 소리를 생생하게 표현될 수 있도록 만들어주는 일이 시인의 역할일 것이다.

1 '주아joie'는 영어의 joy처럼 기쁨을 뜻한다.

가장 짧은 노래

내 머릿속에서 노래하는 새
나를 사랑한다는 말을 되풀이하고
내가 자기를 사랑한다는 말을 되풀이하는 새
그토록 지겨운 말을 그칠 줄 모르는 새
내일 아침에는 그 새를 죽여버려야지

──────── 「가장 짧은 노래」

　'사랑한다는 말'을 의미 없이 혹은 진정성이 없이 반복하면, 그 말은 듣는 사람에게 사랑의 마음을 전달하기는커녕 오히려 증오심을 불러일으킬 수 있다. 그런데 그 말을 되풀이하는 것이 "내 머릿속의 새"라면 그 새는 무엇일까?

새 잡는 사람의 노래

그토록 유연하게 날아가는 새

피처럼 붉고 따뜻한 새

아주 부드러운 새 비웃는 새

갑자기 무서워하는 새

갑자기 머리를 부딪치는 새

달아나고 싶어 하는 새

외롭고 미칠 것 같은 새

살고 싶은 새

노래하고 싶은 새

소리치고 싶은 새

피처럼 붉고 온기가 있는 새

그토록 유연하게 날아가는 새

그건 바로 너의 예쁜 마음

그토록 단단하고 하얀 너의 가슴에 부딪치면서

아주 슬프게 날갯짓하는 너의 마음

「새 잡는 사람의 노래」

프레베르는 모든 동물을 좋아하지만 동물 중에서 특히 새를 가장 좋아한다. 그의 시에서 새는 종종 사랑하는 여인의 마음으로 비유된다. 새를 새장에 가두어서는 안 되는 것처럼, 사랑하는 여인의 마음도 꼼짝할 수 없게 붙잡아두려고 해서는 안 될 것이다.

그리고 축제는 계속된다

카운터 앞에 서서

10시를 치는 시계 소리가 들리자

키 큰 배관공이자 아연공은

월요일인데도 정장 차림으로

혼자서 자신만을 위해 노래 부른다

그날이 목요일이라고

학교에 가지 않아도 된다고[1]

전쟁은 끝났다고

일도 끝났다고

인생은 너무나 아름답다고

여자들은 너무나 예쁘다고 노래 부른다

그리고 카운터 앞에서 비틀거리다가

자기가 갖고 있는 다림추[2]의 도움으로

카페 주인 앞에서 갑자기 멈춰 선다

세 사람의 농부가 그의 앞자리에서 돈을 지불한다

그다음 차례가 되자 그는 술값 계산도 하지 않고

햇빛 속으로 사라진다

계속 노래를 부르면서 햇빛 속으로 사라진다

─────── 「그리고 축제는 계속된다」

　　이 시는 배관공 노동자가 월요일 아침인데도 일요일에 입던 정장을 갈아입지도 않은 채 일터에 가지 않고 카페의 카운터 앞에서 술 마시고 취한 모습을 그리고 있다. 그가 무슨 일로 이른 아침부터 술을 마셨는지, 아니면 전날의 숙취가 가시지 않은 상태에서 집으로 가지도 않고, 계속 술을 마신 것인지는 알 수 없다. 그러나 술 취한 사람은 즐겁기만 하다. 그의 머릿속에는 술값을 계산해야 한다는 의식도 없다. 모든 이성적 사고를 잊어버린 그의 내면을 즐거운 축제의 풍경으로 가득 차 있는 것처럼 그린 시인의 시각이 놀라울 뿐이다.

　　1　목요일은 학교 수업이 없는 날이다.

　　2　다림추 fil à plomb **는 석공이나 배관공들이 수직 균형을 가늠하기 위해 사용하는 추이다.**

깨어진 거울

쉬지 않고 노래 부르던 키 작은 남자

내 머릿속에서 춤추던 키 작은 남자

청춘의 키 작은 남자의

구두끈이 끊어졌네

축제의 모든 가건물이

갑자기 무너졌네

그 축제의 침묵 속에서

그 머리의 사막 속에서

그대의 행복한 목소리

그대의 아프고 연약한

순진하고 비통한 목소리가

멀리서 나를 부르며 다가왔네

나는 가슴에 손을 얹었네

가슴에는 별이 반짝이는 그대의 웃음이

일곱 조각으로 깨어져 피투성이가 되어 흔들리고 있었네

──────── 「깨어진 거울」

프레베르의 시에서 어린이가 긍정과 희망의 존재로 그려지듯이 어린 시절l'enfance은 대체로 축복과 찬미의 주제로 나타난다. 사람은 누구나 어린 시절이 하나의 왕국이고, 자신이 어린 왕자였던 추억을 갖기 마련이다. 그러나 성장 과정에서 어느 순간 그 행복했던 어린 시절을 잃어버린다. 이 시에서 잃어버린 어린 시절은 "청춘의 키 작은 남자"로 은유되고, 어린 시절이 끝나는 때는 웃음의 거울이 깨어진 순간으로 표현된다. 일반적으로 '어린 시절'은 유년 시절이나 소년 시절을 의미한다. 그 시절의 나이를 정신적인 나이로 이해한다면, 사람마다 그 나이의 시간은 다를 것이다. 19세기의 프랑스 시인 보들레르는 자신의 '어린 시절'이 자신과 일체감을 갖고 있었던 어머니가 그를 기숙학교에 보내고 어떤 군인과 재혼하면서 견딜 수 없는 배반감을 갖게 되었을 때라고 말한다. 그때 그의 나이는 일곱 살이었다.

비평가 롤랑 바르트의 예를 들어보자. 그는 해군 장교였던 아버지가 1차 세계대전 때 독일군의 폭격으로 전사한 이후 어머니와 둘이서 남프랑스의 베욘느Bayonne에 있는 조부모 집에서 살다가 아홉 살 때쯤, 어머니를 따라서 파리로 이사했다

고 한다. 혼자서 살림을 꾸려가느라 어머니는 파리 교외의 작업
실에서 미술책 제본 일을 한다. 친구도 없이 외톨이처럼 지내던
어린 바르트는 어머니가 시외버스를 타고 직장에서 돌아올 때
쯤, 버스정류장에서 어머니를 기다리곤 했다. 그러던 어머니가
직장에서 어떤 유부남과 사랑에 빠져 재혼을 하지도 않은 채 동
생을 갖게 되었다. 그것을 알게 된 어린 바르트의 충격은 어떤
것이었을까? 바르트의 유년 혹은 어린 시절은 그때까지였다고
한다. 이제 그는 혼자서 자신의 일에 대해 전적으로 책임을 져
야 하는 청년으로 살아가야 했기 때문이다.(티파인 사마요,『롤랑
바르트』쇠이유 출판사, 2015 참조)

　　그런가 하면 가족관계가 원만했던 프레베르의 어린
시절은 행복했을까? 분명한 것은 「어린 시절」이라는 시에서 알
수 있듯이 "어린 시절의 시간에 지구는 돌지 않고/ 새들은 더 이
상 노래 부르지 않고/ 태양은 빛나지 않으며/ 모든 풍경은 얼어
붙은" 슬픈 시간들뿐이라는 사실이다. 물론 프레베르에게도 행
복한 어린 시절이 있었을 것이다. 그러나 그가 자신의 어린 시절
을 추억하거나 그리워한 적은 별로 없다.

감옥 지키는 사람의 노래

감옥 지키는 사람이여

피 묻은 열쇠를 들고 어디로 가는가

아직 때가 늦은 것이 아니라면

내가 사랑하는 여자를 풀어주겠네

내 욕망의 가장 은밀한 곳에

내 고통의 가장 깊은 곳에

미래를 약속하는 거짓말 속에

어리석은 사랑의 맹세 속에

부드럽게 잔인하게

내가 가두었던 그 여자를

나는 풀어주고 싶네

그녀를 자유롭게 해주고 싶네

그래서 그녀가 나를 잊을지라도

그래서 그녀가 나를 떠날지라도

그래서 그녀가 돌아올지라도

여전히 나를 사랑할지라도

아니 다른 사람을 사랑할지라도

다른 사람이 그녀를 좋아한다면

그래서 나 혼자 남고

그녀가 떠난다 해도

나 오직 간직하고 있으리

나 항상 간직하고 있으리

내 두 손 모아 오목하게 만든 곳에

내 생애 끝날 때까지

사랑으로 만든 그녀의 부드러운 젖가슴을

———————— 「감옥 지키는 사람의 노래」

　　프레베르에게는 사랑이란 이름으로 혹은 사랑한다
는 이유로 사랑하는 사람의 자유를 속박하는 행위는 사랑을
죽이는 것과 다름없다. 흔히 연인들 사이에서 영원히 변치 않는
사랑을 약속한다거나 상대편에 대한 소유욕을 사랑의 감정으
로 이해하도록 요구하는 것은 어리석고 비인간적이다. 사랑은
자유와 동의어이다. 프레베르가 만든 영화(〈밤의 방문객〉, 〈여름
의 빛〉)에서 여성 인물이 "당신이 나를 사랑한다면, 나를 가두지
말고 자유롭게 내버려두세요"라고 말하는 것은 그대로 시인의
생각을 반영한다.

기억 속에서

길 한가운데에서
한 번도 들어본 적 없는
최근의 새로운 음악
처량한 연가
술 취한 여인이 부르는
매 맞는 개의
비명 같은 노래를
듣는 기억상실증에
걸린 남자는
전혀 알지 못하는 한 미망인의 모습을 떠올린다
꿈속에서 그는 애가조의 노래를 덧붙여 부른다
남편이 죽었다고 생각한 꿈은
그를 미소 짓게 하고
그를 안심시켜준다
그는 노래를 부르면서
그녀를 찾아간다
아무에게도 길을 물어보지 않고
똑바로 걸어간다
덧문이 굳게 닫혀 있는 집

문을 두드리지도 않고

어느새 그는 집 안으로 들어간다

그 집은 궁전이다

그리고 그를 기다리는 사람은 왕자이다

그는 층계의 계단을

거들먹거리듯이

무심한 듯이

걸어 올라간다

그리고 큰 문을 밀어서 연다

그곳에는 덮어놓은 지 얼마 안 되는 방수포 앞에서

한 여자가 벌거벗은 채 웃음을 짓고 있다

방수포 밑에는

미망인이 여러 토막으로

절단해서 죽인 남편의 시신이 놓여 있다

그녀는 기억상실중에 걸린 사람을 보면서 웃음 짓는다

내가 이렇게 한 것은 당신을 위해서지요

나를 안아주세요

프랑수아 나를 안아주세요

그녀는 그의 품에 안긴다

폴이라는 이름의 남자 프랑수아라고 불리는 남자는

그녀의 말에 아무런 트집을 잡지 않는다

그는 오직 행복할 뿐이다

그는 여인과 사랑을 나누기 위해

그녀를 긴 의자 위에 눕힌다

그때 그녀는 그의 품을 빠져나오면서

남편의 시신을 가리키며 말한다

아 슬퍼요

시체의 마지막 부분이 완전히 절단되지 않았어요

모든 부분의 조각들이 완전히 절단되어야지

아 정말이지 이 난처한 상태에서 어떻게 빠져나갈지 모르겠
어요

이것은 퍼즐이에요

기억상실증에 걸린 남자가 말했다

당신은 모범적인 남편을 두었지요

비탄에 잠겨 있어서는 안 되지요

내가 당신의 남편을 본래의 모습으로 만들어줄 수 있어요

그리고 기억상실증에 걸린 남자는 인내심을 갖고

한 조각 한 조각

모든 것을 제자리에 맞춰놓는다

동맥과 심장을

눈의 색깔을

손과 손의 온기를

얼굴과 얼굴의 창백한 표정을

그러자 남편은 되살아난다

그는 아내를 향해

질투심으로 화를 낸다

그 말이 기분 나쁘군요

기억상실증에 걸린 남자는 그렇게 말하고

나가버린다

그가 갑자기

거기에 왔을 때처럼

─────── 「기억 속에서」

　　프레베르의 시에서는 종종 비현실적이고 그로테스크한 사건과 이야기가 전개된다. 이것은 꿈과 무의식의 세계를 탐구하는 초현실주의자들과의 토론 모임에서 영향을 받은 결과로 보인다. 제목의 '기억 속에서'는 의식과 기억의 세계가 아닌 꿈과 무의식의 세계를 뜻한다. 우리는 꿈과 무의식 속에서 얼마나 많은 잘못과 범죄를 저지를 수 있는 것일까? 법과 도덕을 모르는 우리의 내면적 욕망과 본능이 그나마 꿈과 무의식의 울타리 안에서 지낼 수 있어 얼마나 다행인지 모른다.

남자의 노래

안개 속에서

연기 속에서 너는 얼마나 아름다웠는지

멀리서 너는 손수건을 흔들고

미소를 지었지

하지만 너의 미소 뒤에 감춰진

너의 마음은 울고 있었지

나는 얼마나 죽고 싶을 정도로 슬펐는지

왜냐하면 우리의 사랑이 돌이킬 수 없이

끝나간다는 것을

너도 알고 나도 알았기 때문이지

네가 사랑했고 너를 사랑했던

그 남자의 노래를 들어보렴

그건 슬프고 단조로운 노래이지

그것이 아무러면 어떤가

사랑의 노래란 다 그런 거지

사람은 다 그런 거지

너를 소유할 수 있는 사람은 아무도 없지

사랑의 바람이 불어와

가을의 나뭇잎처럼

또 다른 사랑 쪽으로

언젠가 너를 실어간다 해도

아무도 너를 소유할 수 없고

아무도 너를 붙잡아둘 수 없지

네가 사랑했고

너를 사랑했던

그 남자의 노래를 들어보렴

그 노래는 슬프고, 그 노래는 단조로운 것

사랑의 노래는 다 그런 거지

너는 이상한 표정을 지었고

사랑은 울고 있었지

그는 네가 짐 싸는 것을 보고 있었고

간절히 애원했지

나는 정말 네가 떠나는 것을 원치 않는다고

그리고 그는 슬피 울었지

그는 화가 나 소리를 질렀지

그는 알고 있었지 자신은 죽게 되리라는 것을

그리고 너는 돌이킬 수 없이

그가 죽도록 내버려두겠지

네가 사랑했고

너를 사랑했던

그 남자의 노래를 들어보렴

그 노래는 슬프고, 그 노래는 단조로운 것

그것이 아무려면 어떤가

사랑의 노래는 다 그런 거지

사람은 다 그런 거지

너를 소유할 수 있는 사람은 아무도 없지

사랑의 바람이 불어와

가을의 나뭇잎처럼

또 다른 사랑 쪽으로

언젠가 너를 실어간다 해도

아무도 너를 소유할 수 없고

아무도 너를 붙잡아둘 수 없지

네가 사랑했고

너를 사랑했던

그 남자의 노래를 들어보렴

그 노래는 슬프고 그 노래는 단조로운 것

사랑의 노래가 다 그런 것처럼

────────── 「남자의 노래」

　　이 시는 1937년 레이몽 룰로가 감독한 영화 〈심부름
꾼le messager〉의 주제가로 만든 것이다. 프랑스 식민지 부대의 한
부관과 그의 상관 부인과의 사랑을 그린 이 영화는 결국 상관
부인이 남자를 버리고 남편에게 돌아가는 것으로 끝난다. 사랑
하는 여인에게 버림받은 남자는 자살하고 만다. 이 시는 자살
하기 전의 남자가 사랑을 잃게 되었을 때 겪는 절망의 상태를
노래한 것이다.

이제 너는 떠나도 좋아

이제 너는 떠나도 좋아
너에 대한 나의 사랑
깊이 간직하면 되니까
이제 너는 떠나도 좋아
너에 대한 나의 사랑
나를 위해 간직하면 되니까

이제 너는 떠나도 좋아
나는 울지 않을 테니까
이제 너는 떠나도 좋아
네가 나를 사랑한다고 말했을 때
그 말이 너무도 좋아
정말이라고 믿을 수 없었으니까

이제 너는 떠나도 좋아
너에 대해 품었던 모든 사랑
너를 위해 간직해두었지
이제 너는 떠나도 좋아
언젠가 네가 돌아오는 날

함께 나누면 될 테니까

「이제 너는 떠나도 좋아」

해설이 필요 없을 만큼 쉬운 이 사랑의 노래는 1961년에 만들어진 샹송이다. 그럼에도 불구하고 해설을 덧붙이자면, 이 시는 사랑하는 사람들이 어떤 이유에서건 헤어질 수밖에 없을 때, "이제 너는 떠나도 좋아"라는 말을 하거나, 그런 마음을 간직할 수 있다면, 그 사랑은 완전히 끝난 것이 아니라 언젠가 다시 돌아올 수 있으리라는 희망을 가르쳐준다.

한 발로 서서 목이 터져라 부르는 노래

커다란 풀잎

아주 작은 숲

새파랗게 푸른 하늘

버들가지로 엮은 구름들

지붕 밑 다락방 속의 트렁크

성의 망루 위

지하실 속의 다락방

분수의 물줄기 위에서

말을 타고 있는

말을 타고 있는 성

장미 옆

배낭 속 분수의 물줄기

밀밭 위에 열린

장롱 속에 심은

딸기나무의 장미

술통의 날개 아래

거울의 주름들 속에

누워 있는 밀밭

보르도의 술잔 속

술잔 속의 술통

늙은 까마귀가 꿈꾸는

절벽 위의 보르도

양의 깃털 속에

늪의 깊은 바닥에

작은 조약돌 속에

유리 세공사가 정성스럽게 깎은

석재 종이로 만든

종이 의자의

종이 의자의 서랍 속

칠면조가 지키고 있는

언덕 너머에 있는

목탄 탄광

탄광을 비추는

초롱불빛으로

빨래터에서 헤엄치고 있는 양

고래 위에 서서

프랑스를 일주하는

도기의 햄

사기의 햄

햄의 머리 위에

앉아 있는 커다란 칠면조

촛불의 불길로

불길로 붉어진 물

붉어진 물의 물병

물병 속에서 사라진

사라진 거리에서

달 한가운데에서

빨간 벨벳으로 덮인

괘종시계 꼬리 아래

학교 운동장에서

커다란 기린들과

업둥이들이

순전히 즐기기 위해

한 발로 서서 목이 터져라 하고

끊임없이 노래하고 노래하는

사막 한복판에서

머릿속에서

한 번도 멈추지 않고

계속 춤추는

꼬리도 머리도 없는 단어들

그리고 다시 시작한다

거대한 풀잎

아주 작은 숲

그리고 그 밖의 여러 가지들이

이 시는 어린이의 자유분방한 상상력으로 펼쳐진 경이로운 동화적 세계를 가정해서 만든 작품이다. 이 시에서 단어와 이미지들이 하나의 주제 속에 통제되지 않고 비논리적으로 이어지면서도 어떤 연상 작용에 의거한 듯 연쇄적으로 전개되는 듯한 표현법은 프레베르를 초현실주의의 중심적 시인처럼 생각하게 한다.

장례식에 가는 달팽이들의 노래

죽은 나뭇잎의 장례식에

두 마리 달팽이가 조문하러 길을 떠났다네

검은 색깔의 껍데기 옷을 입고

뿔 주위에는 상장을 두른 차림이었네

그들이 길 떠난 시간은

어느 맑은 가을날 저녁이었네

그런데 슬프게도 그들이 도착했을 때는

이미 봄이 되었다네

죽었던 나뭇잎들은

모두 부활하여

두 마리 달팽이는 너무나 실망했네

하지만 해님이 나타나

그들에게 이렇게 말했네

괜찮으시다면 정말 괜찮으시다면

여기 앉아서 맥주 한잔 드시지요

혹시 생각이 있다면

정말 그럴 생각이 있다면

파리로 가는 버스도 타보시지요

오늘 저녁 떠나는 버스가 있으니까요

여기저기 구경할 수도 있지요

하지만 이제 상복은 벗으세요

내가 꼭 당부하고 싶은 말이지요

상복은 눈의 흰자위를 검은 빛으로 만들고

우선 인상을 보기 싫게 하지요

죽음의 사연들은 무엇이건

아름답지 않고 슬픈 법이지요

당신들에게 맞는 색깔

삶의 색깔을 다시 입으세요

그러자 모든 동물들

나무들과 식물들이

노래 부르기 시작했네

목이 터져라 노래했네

살아 있는 진짜 노래를

여름의 노래를 불렀네

그리고 모두들 마시고 모두들 건배했네

아주 아름다운 밤이었네

그러고 나서 달팽이 두 마리는 집으로 돌아갔네

집으로 돌아가면서 그들은 아주 감동했네

집으로 돌아가면서 그들은 아주 행복했네

술을 너무 많이 마신 탓인지

그들은 조금씩 비틀거렸네

하지만 하늘 높은 곳에서

달님이 그들을 보살펴주었네

달팽이는 동물 중에서 가장 작고, 느리고, 착하고, 연약한 존재일 것이다. 시인은 그러한 존재와의 동류의식을 갖고 죽음과 슬픔의 겨울을 지나 기쁨과 생명의 봄으로 전환된 축제의 분위기를 초현실적 상상력으로 노래한다. 달팽이의 조문이 아닌 달팽이의 외출을 통해서 봄의 축제 같은 기쁨과 삶의 행복을 일치시켜 노래하는 시인의 의도는 매우 유쾌하게 표현된다.

II

동물의 고민

동물의 고민

—크리스티안 베르제에게

불쌍한 악어는 C자에 세디유가 없고[1]
불쌍한 개구리의 L자들은 물기에 젖었네요
톱상어에게도
걱정거리가 있고
솔르라는 물고기도
고민이 있기는 마찬가지지요

그러나 모든 새들은 날개가 있지요
늙고 푸른 새도
푸른색 개구리도 그런데
끝의 E자 앞에 L자가 둘이 있지요

새들은 어미새들에게 맡기세요
개울물은 물길의 흐름대로 내버려두세요
불가사리들은
어둠 속에서 나오고 싶은 대로 내버려두세요
어린아이들은 마음대로 저금통을 깨뜨리게 하세요
커피가 제멋대로 여과되도록 내버려두세요

오래된 노르망디 산 장롱과

브르타뉴의 암소가

미친 여자들처럼 웃으면서 광야로 떠났답니다

버려진 새끼 송아지들은

버려진 송아지들처럼 울고 있지요

왜냐하면 작은 송아지들은

늙고 푸른 새 같은 날개가 없기 때문이지요

그들이 갖고 있는 것은

오직 몇 개의 다리와 두 개의 꼬리뿐이지요

새들은 어미새들에게 맡기세요

개울물은 물길의 흐름대로 내버려두세요

불가사리들은

어둠 속에서 나오고 싶은 대로 내버려두세요

코끼리들이 읽는 법을 배우지 않도록 내버려두세요

종달새들이 마음대로 날아가도록 내버려두세요

프레베르가 초현실주의 그룹에 속해 있었을 때 1928
년 2월 무용가 포미에Pomiès가 시인에게 무용을 배우는 어린 학
생들을 위한 작품을 써달라고 부탁해서 만든 시이다. 시인은
동물들의 이름에 나타난 형태적 특징과 내용적 의미의 관련성
을 논리적으로 추리하지 않고 초현실적으로 상상하면서, 날개
가 있는 새와 날개가 없는 동물이나 사물의 고민이 어떻게 다
른지를 사물과 동물의 관점에서 장난스럽게 생각해본다. 외형
적으로 인간은 날개가 없는 동물이다. 그러나 인간에게는 내면
의 날개가 있다. 모든 사람이 그것을 갖고 있는 것이 아니다. 그
것을 소중하게 의식하는 사람만이 갖고 있을 뿐이다. 그것의 이
름은 바로 자유이다.

1   C자에 Cédille·세디유란 모음 a, o, u 앞의 c를 (s) 음으로 발음하기 위
해 c 밑에 붙이는 기호 (Ç)를 의미한다. 불어에서 악어는 Crocodile이다.

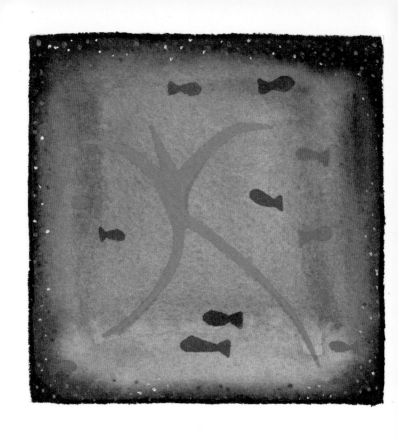

불가사리

별을
바다에 던지면
별은 춤추며 사라진다
그건 오페라 극장의 작은 쥐
늘 그렇듯이 하나의 머리
두 다리
두 팔

―――――― 「불가사리」

불가사리의 불어는 L'étoile de mer(바다의 별)이다. 이
단어를 글자 그대로 해석하고 상상한다면, 바닷속에서 혹은 어
둠 속에서 움직이고 춤추며 사라지는 별을 보는 듯하다.

격언

텅 빈 바닷가
모래시계 옆
거북이 한 마리 뒤집혀 있는데
그것을 뒤집어놓을 수 있는 사람은 하나도 없다

거북아
너의 마지막 시간이 언제일지
전혀 헤아릴 수 없구나

─────── 「격언」

혼자 힘으로 자기 몸을 뒤집을 수 없는 거북이의 모습에서 우리는 내일이 없는 인간의 절망적 상황을 떠올려본다. 그렇다면 왜 이 시의 제목이 격언일까? 사람마다 희망의 내용은 같고, 절망의 표현이 다르다면, 아니 절망의 내용은 같고 희망의 표현이 다르다면, 이 시에서 이끌어낼 수 있는 격언의 의미도 제각기 다를 것이다. 그러나 격언이 삶을 위한 것이라면 격언의 의미가 긍정적이라는 점에서는 일치할 것이다.

코끼리야…

코끼리야 나는 종종 너를 생각한다

내가 혼자일 때

내가 다른 사람들과 함께 있을 때

내가 작은 지팡이를 짚고 들판을 산책할 때

아침에 이를 닦을 때

때때로 내가 잠들어서 너의 큰 몸이 꿈속을 거닐고 있을 때

나는 너에게 존경심을 갖지 않는다

사람들이 흔히 말하는 애정을 품고 있지도 않다.

나는 너의 친구가 아니다

그냥 그렇게 너를 생각할 뿐이다

나는 네가 변함없이 생존하리라는 것을 알고 있다

그것으로 만족할 뿐이지

너는 거대한 동물이지

너의 귀를 모르는 사람은 없지

어렸을 때 동물원에서 너의 등에 올라탄 적이 있지

기록영화에서 너를 보기도 했고

함부르크에서 너를 보기도 했고

장신구로 만든 향로가 든 빵과자에서 너를 보기도 했고

코끼리 상표 지우개 위에 새겨진 너를 보기도 했고

살아 있는 생물로서의 너를 보기도 하지

너에 대해 사람들이 하는 이야기는 기분 나쁘게 들리기도 해

가령 사랑을 할 때 몸을 감추고

죽을 때 몸을 감추고

너의 꼬리털은 인간의 사랑에 행운을 가져다준다는 그런 이
야기들이

코끼리야

너는 구름보다 훨씬 아름답다

구름은 터지면 비가 되지만

너는 우산 파는 상인과 아무 상관도 없지

네가 너의 아내와 자식들과 풍경 속을 거닐 때

너는 살아 있는 진정한 생물

너는 우표 수집을 하지 않고

인조 거북이 껍질의 안경도 쓰지 않지

네가 억류된 몸으로 도시를 지나갈 때

너는 복잡한 문제들에는 관심도 없는 듯하지

사람들은 네가 더 빨리 걷도록 엉덩이를 때리지

너는 모기를 피하기 위해 빨리 뛰기도 하지

네가 목적지에 늦게 도착하면 너는 서커스단에 맡겨질 수도
있지

너는 그렇게 되고 싶지는 않지

그래서 뛰는구나

너의 뛰어가는 모양은 얼마나 기이하게 보이는지

너의 추억에 잠긴 모양은 얼마나 기이하게 보이는지

너는 살아 있는 진정한 동물친구 나는 너를 잊지 못한다

나는 너를 종종 생각한다… 나는 너의 코를 꽉 잡는다

──────── 「코끼리야…」

　　프레베르는 '어린 시절'에서 파리의 불로뉴 숲에 있는 동물원에서 처음으로 코끼리 등에 올라타고 동물원을 한 바퀴 돌아다닌 즐거운 경험을 이야기한 바 있다.

외출허가증

새장 속에 군모를 넣어두었네 그리고
머리 위에 새를 올려놓고 외출했네
그러자
지휘관이 왜
경례를 하지 않는가 물었네
안 합니다
경례를 하지 않습니다
새가 대답했네
아 그런가
미안하네 경례를 하는 것으로 알았는데
지휘관이 말했네
괜찮습니다 누구나 잘못 생각할 수 있지요
새가 말했다네

───────── 「외출허가증」

　　　계급장이 붙어 있는 군모는 군대사회에서 계급이 낮은 사람이 계급이 높은 사람의 명령에 복종해야 하는 규율체계를 상징한다. 시인은 그러한 계급사회에서 부하가 상관의 명령에 대해 복종해야 한다는 것을 야유하듯이 희화하기 위해 군모를 새장 속에 넣어두고, 군모 대신에 새를 올려놓고 외출하는 병사의 모습을 그린다. 다시 말해서 인간의 자유를 부정하는 계급장 대신에 자유를 상징하는 새가 환유적으로 치환된 것이다.

도마뱀

사랑의 도마뱀이
다시 또 달아나면서
내 손가락 사이에 꼬리만 남겨두었네
자업자득이지
내 입장만 생각하며 그것을 꼭 붙잡아두려 했으니까

　　　사랑은 구속 없는 자유로운 상태에서만 지속될 수 있다는 프레베르의 한결같은 생각이 잘 반영된 시이다. 그러나 사랑에 빠진 연인들은 종종 맹목적이고, 비이성적이 되어 서로의 자유를 인정하지 않고 사랑하는 사람을 사물처럼 소유하려는 욕망에 사로잡힌다. 그럴 때 '사랑의 도마뱀'은 언제라도 달아날 준비를 하는 것이다.

색깔을 잘못 칠한 푸른 눈의 말들

색깔을 잘못 칠한 푸른 눈의 말들이여

기사가 지키고 있는

구리봉을 통과하는

갈기가 무성한 말들이여

너희들은 취하지도 않으면서

아무 말도 하지 않고 계속 돌고 있구나

가슴을 찢는 듯 시끄럽고 괴로운

음악이 쉬지 않고 돌아가는데

너희들은 음악을 전혀 듣지도 않고

회전판 위에 꼼짝하지 않고 서서 돌고 있구나

마음은 형편없는 음악을 듣고 싶어 하지

어쩌면 그런 마음이 옳은 것인지 모르지

그래서 말들도 어쩌면

저 괴상한 소리들을 좋아할지 모르지

──────── 「색깔을 잘못 칠한 푸른 눈의 말들」

이 시는 공원의 빈터에서 시끄러운 음악과 함께 회전 목마가 돌아가는 풍경을 그린 것이다.

축제일

아가야 비를 맞으면서
꽃을 들고 어디로 가니

비가 오고 축축한 날
오늘은 개구리의 축제일이에요

개구리는
나의 친구에요

그런데
동물의 축제에 축하인사를 하는 것은 아니지
특히 양서 동물에게는
아이들은 버릇을 바로 잡아주지 않으면
분명히 말썽꾸러기가 되는 법이지
그러면 그 아이는 어른에게 온갖 고생을 다 시키지
무지개가 온갖 모양을 다 보여주듯이
그런데 아무도 아이에게 그런 이야기를 하지 않지
아이는 머리로만 그렇다고 동의할 뿐이지
우리는 아이가 어른처럼 행동하기를 원하지

오 나의 아버지!

오 나의 어머니!

오 큰삼촌 세바스티앙!

두근거리는 마음의 소리를 듣는 것은

머리가 아니에요

오늘은 축제일이에요

왜 어른들은 이해하지 못하나요

오! 내 어깨를 치지 마세요

내 팔을 잡지 마세요

종종 개구리가 나를 웃게 했지요

매일 밤 개구리는 나를 위해 노래해요

그런데 그들이 나타나 문을 닫아버리고

조용히 내 쪽으로 다가오길래

나는 그들에게 축제일이라고 소리쳤어요

하지만 그들의 대장이 손가락으로 나를 지목하지요

──────── 「축제일」

아이들은 자연의 친구로서 동물과 마음의 대화를 나눌 수 있다. 어른들은 그런 아이들을 이해하지 못하니까 아이들과 어른들 사이의 대화는 어긋나기 마련이다. 이 시에서 복수 3인칭인 '그들'은 아이들이 원하는 '마음의 소리'를 듣지 못하고 머리로만 말하는 어른들이다. 그 어른들은 아버지이기도 하고, 어머니이기도 하고, 삼촌 세바스티앙이기도 하다.

새의 초상화를 그리기 위하여

우선 문이 열린

새장을 하나 그릴 것

다음에는

새를 위해

어떤 예쁜 것

어떤 단순한 것

어떤 아름다운 것

어떤 유익한 것을…

그 다음에 그림을 나무에

정원에

작은 숲에

큰 숲에

걸어놓을 것

아무 말 하지 않고

움직이지 않고

나무 뒤에 숨어 있을 것

때로는 새가 빨리 오기도 하지만

그런 결심을 하는 데

여러 해가 걸릴 수도 있으니까

실망하지 말고

기다릴 것

필요하다면 여러 해를 기다릴 것

새가 빨리 오거나 늦게 오거나

그림의 성공과는 무관하니까

새가 날아올 때

날아오면

아주 깊은 침묵을 지킬 것

새가 새장에 들어갈 때까지 기다릴 것

새가 들어간 다음에

조용히 붓으로 새장을 닫을 것

그리고 새의 어떤 깃털도 건드리지 않으면서

모든 창살을 차례차례 지울 것

그러고는 가장 아름다운 나뭇가지를 골라

나무의 초상을 그릴 것

푸른 잎새와 서늘한 바람을

여름의 더위 속에서 우는 풀벌레 소리를

햇빛의 가루를 그릴 것

그리고 새가 노래하기를 결심할 때까지 기다릴 것

새가 노래하지 않으면

그건 나쁜 징조

그림이 잘못된 징조

그러나 새가 노래하면 그건 좋은 징조

당신이 사인해도 좋다는 징조

그러면 당신은 아주 살며시

새의 깃털 하나를 뽑아서

그림 한구석에 당신의 이름을 쓰면 된다

─────── **「새의 초상화를 그리기 위하여」**

　　이 시는 그림뿐 아니라 모든 예술작품의 의미를 성찰해볼 수 있게 한다. 첫 행의 '열린 문'은 삶의 모든 것에 대하여 또는 모든 아름다운 것에 대하여 예술가가 갖고 있어야 할 마음의 문과 같은 것이다. 예술가는 언제나 마음을 열고 자유로운 상태에서 창조에 필요한 조건인 영감이 떠오를 때까지 인내심을 갖고 기다려야 한다. 이 시에서 새는 영감의 상징이지만, 상상력과 자유의 상징이기도 하다.

　　그러나 이 시에서 예술작품을 '아름다운 것' '단순한 것' '유익한 것'으로 정의할 때, 사람들은 '아름다운 것'과 '단순한 것'에 대해서는 쉽게 동의하겠지만, '유익한 것'이 무엇인가에 대해서는 얼마든지 다른 견해를 말할 수 있을지 모른다.

Ⅲ

학교에서 나와

열등생

그는 머리로는 아니라고 말하지만

가슴으로는 그렇다고 말한다

그는 자기가 좋아하는 것에는 그렇다고 말하지만

선생님에게는 아니라고 말한다

그가 자리에서 일어서자

선생님이 질문을 한다

온갖 질문이 쏟아졌지만

갑자기 그는 폭소를 터뜨린다

그러고는 모든 것을 지워버린다

숫자도 단어도

날짜도 이름도

문장도 질문의 함정도

교사의 위협에도 불구하고

우등생 아이들의 야유를 받으면서도

온갖 색깔의 분필을 들고

불행의 검은색 칠판 위에

행복의 얼굴을 그린다.

―――――― 「열등생」

　　　이 시의 첫 행에서 "머리로는 아니라고 말한다"는 것은 선생님의 질문에 동의하는 것이 아니라 부정하는 대답을 하기 위해 학생이 머리를 흔드는 것을 의미한다. 머리는 환유적인 의미에서 가슴이나 마음과는 대립적이다. 그러나 머리로 말하는 '아니다(non)'의 뜻은 모호하다. 교사의 질문에 대한 대답으로서의 '아니다'일 수 있고, 대답을 거부하는 의미에서 '아니다'일 수도 있기 때문이다. 프레베르는 학교와 교사를 긍정적으로 표현하지 않는다. 학생들의 자유를 인정하지 않는 학교는 대체로 억압적 사회의 상징으로 나타나고, 교사는 존경받는 인물이 아니다. 이 시의 여섯 번째 행에서 선생님이라고 번역한 단어가 원문에서 존경하는 선생님이 아닌 일반적인 사람들을 뜻하는 on으로 표현되는 것은 그런 의미에서이다. 또한 교실의 칠판은 불행을 의미하는 '검은색'으로 되어 있다. 그 위에 '온갖 색깔의 분필을 들고' '행복의 얼굴을 그림'으로써 화자가 열등생의 시각으로 어린아이다운 반항심을 표현하는 반전의 화법은 매우 유쾌하다. 그런데 언제부터인지는 모르지만, 프랑스의 초등학교 선생님들이 이 시를 포함하여 학교를 비판적으로 그린 프레베르의 시를 학생들에게 많이 읽게 하는 이유는 무엇일까?

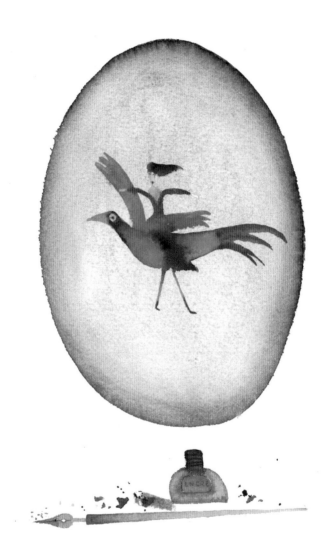

복습노트

둘에 둘은 넷

넷에 넷은 여덟

여덟에 여덟은 열여섯

다시 한 번! 선생님이 말한다

둘에 둘은 넷

넷에 넷은 여덟

여덟에 여덟은 열여섯

그런데 저기 하늘을 날아가는

금조琴鳥[1]가 있다

아이는 새를 바라본다

아이는 새가 우는 소리를 듣는다

아이는 새를 부른다

나를 구해줘[2]

나와 놀자

새야!

그러자 새가 내려와

아이와 함께 논다

둘에 둘은 넷…

다시 한 번! 선생님은 말하고

아이는 논다

새는 아이와 논다…

넷에 넷은 여덟

여덟에 여덟은 열여섯

그리고 열여섯 열여섯은 얼마지?

열여섯에 열여섯은 아무것도 되지 못해

서른둘은 절대로 아니야[3]

어쨌든 그것들은 사라진다

아이는 책상 속에 새를 감춘다

모든 아이들은

새의 노래를 듣는다

모든 아이들은

새의 노래를 듣는다

모든 아이들은

음악을 듣는다

그러자 여덟에 여덟이 사라진다

넷에 넷, 둘에 둘도 가버린다

하나에 하나는 하나도 아니고 둘도 아니다

하나에 하나도 같이 가버린다

종달새는 놀고

아이는 노래하고

선생님은 소리친다

바보짓은 이제 그만 해야지!
그러자 모든 아이들은
음악을 듣고
교실의 벽은
조용히 무너진다[4]
유리창은 다시 모래가 되고
잉크는 다시 물이 되고
책상은 다시 나무가 되고
분필은 다시 절벽이 되고
펜대는 다시 새가 된다.

이 시의 주인공인 아이는 앞의 시「열등생」처럼, 선생님이 가르치는 것을 그대로 받아쓰지도 않고, 복습하지도 않고, 암기하지도 않는다. 아이는 교실 밖의 새에 한눈을 팔고 있다. 학교는 학생들에게 사회의 규율이나 관습, 혹은 금기를 가르치고, 그것들에 익숙해지도록 교육시키는 곳이다. 그러나 시인은 그러한 과정 속에서 희생될 수밖에 없는 단순한 삶과 자유의 가치가 얼마나 소중한 것인지를 말하려 한다.

1 금조L'oiseau-Lyre는 공작새처럼 화려한 깃털을 갖고, 칠현금같이 아름다운 소리를 낸다고 알려진 새이다. 시인은 호주 지역의 이 전설적인 새를 통하여 보기 드물게 아름답고 자유로운 존재를 상징적으로 표현한다.

2 교실의 아이가 새에게 '나를 구해줘Sauve-moi'라고 말한 것은 교실을 마치 새를 가두는 새장처럼 생각했기 때문이다.

3 '열여섯에 열여섯이' '서른둘은 절대로 아니'라는 것은 아이가 이러한 숫자 공부에 아무런 관심을 갖지 않고, 오직 새와 놀기 위해서 한눈팔기 시작했음을 의미한다.

4 '교실의 벽은 조용히 무너진다'는 것은 교실의 벽이 아이들 편에서 아이들이 원하는 것을 말없이 도와주었다는 뜻으로 해석된다.

학교에서 나와

학교에서 나와
우리는[1] 보았지
큰 기차를
세상의 어느 곳이라도
우리를
금빛 객차에 태워줄 그 기차를

온 세상을 돌아다니다가
우리는 보았지
온갖 조개들과
향기로운 섬들과
멋진 난파선들과
훈제 연어와 함께
산책하는 바다를[2]

바다 위에서
우리는 보았지
일본으로 떠나는
범선 위에 떠 있는

달과 별을

그리고 성게를 찾으러

바닷속에 잠수하는

작은 잠수함의 크랭크 핸들을 돌리는

다섯 손가락의 삼총사들을

육지로 돌아오다가

우리는 보았지

기차 철로 위에서

육지의 어느 곳이라도 달려가고

바다의 어느 곳이라도 달려가고

빠르게 달려가는 집을

집을 잡으려는

겨울을 피해 달아나는 집을

하지만 기차를 타고

우리는 달리기 시작했지

겨울 뒤쪽으로 달리기 시작했지

그런데 누군가 겨울을 박살내었지

집은 멈춰 섰고

봄이 우리에게 인사를 했지

봄이 바로 건널목지기여서
우리에게 고맙다는 인사말을 했지
온 세상에 모든 꽃들이
갑자기 피어오르기 시작했지
제멋대로 피어올랐지
꽃들에게 상처를 줄까봐
더 이상 앞으로 가지 못한
기찻길 위에서

그래서 우리는 걸어 돌아왔지
육지의 어느 곳이나 걸어서
바다의 어느 곳이나 걸어서
태양과
달과 별 사이를 걸어서
걸어서 마차를 타고 범선을 타고 하면서

시인은 어린이의 거침없는 상상력을 통해 학교 밖의 세계를 자유롭게 여행하고 질주하는 기쁨을 노래한다. 이렇게 상상력의 자유 속에 몸을 내맡길 때, 세계를 구성하는 물, 불, 공기, 흙 같은 4원소뿐 아니라 바다와 태양, 도시와 농촌 혹은 자연으로 만들어진 지구의 모든 경계를 넘어설 수 있고, 또한 대립적인 그것들과 친화적인 일체감을 경험할 수 있다.

1 이 시에서 '우리'는 시인과 어린아이가 일체를 이룬 대명사이다.

2 불어에서 바다 la mer와 어머니 la mère는 발음은 같고 뜻이 다른 동음이의어이다. 이런 점에서 시인은 바닷속의 모든 것들, 조개와 섬과 난파선 등과 함께 있는 바다를, 마치 아이들을 데리고 산책하는 어머니의 모습으로 그린다.

어린 시절

오 어린 시절은 얼마나 슬픈가
지구는 돌지 않고
새들은 더 이상 노래 부르지 않고
태양은 빛나지 않으며
모든 풍경은 얼어붙었네

장마철은 끝나고
장마철은 다시 시작했네
오 어린 시절은 얼마나 슬픈가
장마철은 끝나고
장마철은 다시 시작했네

그을린 얼굴의 노인들은
노련한 균형을 취하고 자리에 앉았네
지구가 돌지 않는 건
풀들이 자라지 않는 건
노인이 재채기를 했기 때문이네

노인들의 입에서 나온 모든 것은

못된 파리들이거나 낡은 영구차들 뿐이네
오 어린 시절은 얼마나 슬픈가
안개 속에서 늙은 노인들이 만든
안개 속에서 우리는 숨이 막힐 지경이네

노인들이 어린 시절로 돌아간다는 것은
노인들이 어린애처럼 군다는 것이라네
어린이는 얼마나 저항 능력이 없는지
결국 굴복하고 마는 것은 어린이라네

오 어린 시절은 얼마나 슬픈지
우리의 어린 시절은 슬프고 슬프다네
장마철은 끝나고
장마철은 다시 시작했네

———————— **「어린 시절」**

　　이 시에서 어린이와 노인은 극명히 대립된다. 아이들의 순수한 말과 생각과는 달리 '노인들의 입에서 나온 모든 것'은 귀담아 들을 가치가 없는 나쁜 말들이거나 더러운 '파리' 같은 것들이다. 프레베르에게 노인들이 이렇게 부정적으로 그려지고, '어린 시절'이 암담하게 묘사되는 것은 그의 부모가 아무리 좋은 사람들이었어도 주변에서 보이는 어른들의 부정적인 인상이 강하게 남아 있었기 때문이다.

IV

예정했던 대로

예정했던 대로

1

달력에

예정했던 대로

여름이 왔네

기다리던 여름이 왔네

그러나 여름은 술을 너무 마셔

비틀거리기도 했다네

2

남부 지역의 오래된 항구에서

여름을 끌고 온

엄청난 더위는

여름 옆에서 춤을 추었네

활발하기도 하고 늘어지기도 한 춤을

음산하기도 하고 완강하기도 한 춤을

3

울기 위해 노래한다는 듯이

더위는 축가를 불렀네

더위는 런던에서 잠을 자고
코를 골기 시작했네
런던은 더위를 귀여운 고양이라고 부르고
더위가 가르랑거리는 소리를 낸다고 말했네

4
그러나 런던의 샘물들이
자기들 차례가 되어 노래했다네
서늘한 소음을
유쾌하기도 하고
기분 나쁘기도 한 소란을
파도가 그래서 깨어났다네

5
여름을 알아보자 파도는
파랗게 질려서 화장을 지우고
여름의 면전에서 노골적으로 비웃었네
깨어나자 곧 면도를 하고
갑자기 울음을 터뜨렸네
그게 바로 여름이 원했던 것이라네

6

여름은 파도를 누그러뜨려 달랜 후

작은 비를 데리고

런던에 갔네

그건 아주 새롭고 아주 즐거운 비였네

그 어린 비는

여름을 기분전환시켜 주었다네

──────── 「예정했던 대로」

프레베르는 사계절 중에서 봄을 가장 좋아한 시인이
다. 가령 「봄의 위대한 무도회」는 파리의 봄을 노래한 짧은 시
집인데, 이 시집의 앞부분에는 다음과 같은 구절이 보인다. "봄
의 1분은 12월의 한 주일보다 / 7월의 한 해보다 / 2월의 한 달
보다 종종 더 길게 지속된다". 이 시구에서 특이한 것은 봄의 한
순간이 "7월의 한 해보다 길다"는 비유이다. 시인에게 7월은 한
해처럼 길게 느껴진다는 표현에서, 그가 여름을 얼마나 견디기
어려워했는지를 알 수 있다. 「예정했던 대로」는 봄이 아니라 여
름을 노래한 시인데, 여름이 술을 잔뜩 마시고, 아무 곳에서나
춤을 추고, 코를 골며 잠을 자는 술주정뱅이처럼 그려진다는
점에서 여름이 별로 매력적이지 않다는 것은 분명하다.

여름에도 겨울에도

여름에도 겨울에도
진흙탕 속에서 먼지 속에서
오래된 신문지들을 깔고 누워서
물이 스며드는 낡은 구두를 신은 남자가
멀리 떠 있는 배를 바라보고 있네

그의 옆에는 얼간이 같은 남자
돈은 많이 갖고 있는 남자가
이유는 잘 모르겠지만
슬픈 표정을 지으며 낚시질하고 있네
그는 지나가는 거룻배를 바라보고
향수에 젖어 있네
그는 강물의 흐름 따라
아주 멀리 떠나고 싶었네
좀 더 날씬해진 몸으로
새로운 삶을 살고 싶었네

여름에도 겨울에도
진흙탕 속에서 먼지 속에서

오래된 신문지들을 깔고 누워서
물이 스며드는 낡은 구두를 신은 남자가
멀리 떠 있는 배를 바라보고 있네

낚시질하던 남자는
고기를 한 마리도 잡지 못하고 집으로 돌아왔네
그는 정어리 통조림을 따고는
울기 시작했네
그는 자기가 죽을 날이 멀지 않고
자신이 사랑한 사람이 하나도 없었다는 것을 알고 있네
그의 아내도 그렇게 생각하고 쓴웃음을 짓네
그녀는 아주 못되고 심술궂은 여자
광신적인 기독교 신자라네

여름에도 겨울에도
진흙탕 속에서 먼지 속에서
오래된 신문지들을 깔고 누워서
물이 스며드는 낡은 구두를 신은 남자가
멀리 떠 있는 배를 바라보고 있네

그는 거룻배가
물 위에 떠 있는

커다란 판잣집이라는 것을 알고 있네
그리고 봉급이 줄어든
가난한 뱃사람의 아내와
불쌍한 뱃사람들이
강 위에서
여름에도 겨울에도
어떤 날씨가 되어도
가난으로 찌든 많은 아이들을
데리고 산다는 것을 알고 있네

──────── 「여름에도 겨울에도」

　　　　이 시는 두 남자의 서로 다른 인생을 드라마틱하고 시적인 압축과 암시의 방법으로 그리고 있다. 두 남자의 차이는 무엇일까? '낡은 구두를 신은 남자'는 가난하지만, 자유롭고, 다른 사람들에 대한 관심을 갖고 있어서 마음이 열린 사람처럼 보이는 데 반해, '돈이 많은 남자'는 일생 동안 사랑한 사람이 하나도 없었기 때문에 불행하고 불쌍해 보인다.

가을

말 한 마리 가로수길 한복판에 쓰러져 있다
나뭇잎들이 그 위로 떨어진다
우리의 사랑은 전율한다
그리고 태양도

가을에 대한 상투적 수사나 감상적 표현 없이 단순하고 절제된 객관적 진술만으로 가을의 풍경과 저무는 사랑의 쓸쓸함을 느끼게 하는 시이다.

고엽

오! 기억해주었으면 좋겠네
우리가 다정했던 그 행복한 시절을
그때 인생은 지금보다 더 아름다웠고
태양은 지금보다 더 뜨거웠지
낙엽을 삽에 쓸어담아 치우는데…
너는 알겠지 내가 잊지 못한다는 것을
낙엽을 삽에 쓸어담아 치우듯
추억과 회한도 그럴 수 있겠지
그러면 망각의 차가운 밤 속으로
북풍이 휩쓸어 가겠지
너는 알겠지 네가 불러준 사랑의 노래를
내가 잊지 못한다는 것을

그건 우리의 사랑을 닮은 노래이지
너는 나를 사랑했고
나는 너를 사랑했지
그리고 우리 둘은 함께 살았지
나를 사랑했던 너
내가 사랑했던 너

그러나 인생이 사랑하는 연인들을 헤어지게 했지

아주 슬그머니

소리도 없이

그리고 바다는 모래 위에 남긴

헤어진 연인들의 발자국을 지워버리지

낙엽을 삽에 쓸어담아 치우듯

추억과 회한도 그럴 수 있겠지

그러나 말없고 변함없는 나의 사랑은

언제나 웃음을 짓고 인생에 감사한다네

나는 그토록 너를 사랑했고 너는 너무나 아름다웠지

어떻게 내가 너를 잊을 수 있단 말인가

그때 인생은 지금보다 더 아름다웠고

태양은 지금보다 더 뜨거웠지

너는 내가 가장 사랑하는 나의 여인이었는데…

———————— 「고엽」

　　이 샹송은 1946년에 나온 영화, 〈밤의 문 Les portes de la nuit〉의 주제가로 만든 것이다. 이 영화의 주인공으로 나온 이브 몽탕이 「고엽」이란 제목으로 노래하여 이 시는 전 세계적으로 유명하게 되었다. 이 영화는 파리의 변두리 지역에 사는 노동자들의 애환과 분노 혹은 우정과 사랑을 보여준다. 본래 이 영화의 주인공 역할을 맡기로 한 배우는 장 가뱅이었다고 한다. 그 당시에 장 가뱅은 연기를 잘하는 배우였던 반면, 이브 몽탕은 데뷔한 지 얼마 되지 않아 무명배우에 가까웠다. 그는 영화배우로 알려지기보다, 가수 에디트 피아프의 젊은 애인으로 더 유명했다고 할 수 있다. 그가 전 세계적인 명성을 얻게 된 것은 배우의 연기로서가 아니라 「고엽」이라는 샹송을 통해서였다. 「고엽」의 성공은 작곡가 코스마의 서정적 멜로디와 이브 몽탕의 독특

한 목소리가 잘 어울리는 시적 가사 때문이었다. 프레베르의 전기를 쓴 이브 쿠리에르에 의하면, 「고엽」의 화자가 그리워하는 애인은, 시인이 실제로 깊이 사랑했다가 헤어진 여인들, 즉 시몬, 자클린, 클로이 중에서 그 누구라고 말할 수 없다는 것이다. 다만 시기적으로 이 샹송을 만들었을 때와 제일 가까운 시기에 헤어진 사람이 클로이였고, 프레베르가 그녀를 '작은 잎새'라는 별명을 붙였다는 점에서, 그와 가까운 사람들은 이 샹송과 그녀와의 관계를 짐작했을 뿐이다. 이 시에서 "인생이 사랑하는 연인들을 헤어지게 했다"와 "말없고 변함없는 나의 사랑은 / 언제나 웃음을 짓고 인생에 감사한다"는 구절은 독자들에게 큰 위안을 주리라고 생각한다. 인생에 감사하는 마음은 결국 새로운 삶과 사랑의 희망을 갖게 하기 때문이다.

눈 치우는 사람들의 크리스마스

우리 집 굴뚝은 비어 있고

우리의 주머니 사정도 마찬가지라네

어이 어이 어이

우리 집 굴뚝은 비어 있고

우리의 구두는 구멍이 뚫렸다네

어이 어이 어이

핏기 없는 우리 집 아이들은

먹을 것이 없다네

어이 어이 어이

그래도 오늘은 성탄절

축하해야 할 성탄절이라네

축하합시다 성탄절을 축하합시다

해마다 성탄절은 축하하는 날

어이 인생은 아름다워라

어이 즐거운 성탄절이네

아니 눈이 내리기 시작하네

높은 하늘에서 눈이 내리네

눈은 높은 곳에서 내려오다가

넘어져 다칠지도 모르지

어이 어이 어이

불쌍한 눈이여 방금 내린 눈이여
달려가자 달려가자 눈을 향하여
달려가자 삽을 들고
달려가자 눈을 쓸어 담으러
그건 우리의 일이니까
어이 어이 어이

예쁜 눈이여 방금 내린 눈이여
하늘에서 내려온 너
아름다운 눈이여 우리에게 말해주렴 말해주렴
어이 어이 어이
크리스마스날 언제쯤
크리스마스 선물 칠면조들이
새끼 칠면조들과 함께
저 높은 하늘에서 떨어지게 되는지를
어이 어이 어이!

──────── 「눈 치우는 사람들의 크리스마스」

이 시의 화자는 축제의 날이 가까워도 '먹을 것이 없는' 가난한 사람들의 크리스마스를 즐겁고 넉넉한 마음으로 그리고 있다.

겨울 아이들을 위한 노래

겨울 밤에
하얗고 큰 사람이 달려가네
하얗고 큰 사람이 달려가네

그는 나무 파이프를 물고 있는
눈사람이라네
추위에 쫓겨 다니는
커다란 눈사람이라네

그는 마을에 도착했네
그는 마을에 도착했네
불빛을 보고
그는 비로소 안심했네

어느 작은 집 안쪽으로

문을 두드리지도 않고 들어갔네

어느 작은 집 안쪽으로

문을 두드리지도 않고 들어갔네

그리고 몸을 덥히기 위해

그리고 몸을 덥히기 위해

빨갛게 달아오른 난로 위에 앉았네

그리고 갑자기 사라졌네

바닥에 물이 잔뜩 고인 자리에서

파이프만 남겨놓고

파이프만 남겨놓고

게다가 낡은 모자까지도

———————— 「겨울 아이들을 위한 노래」

　　　　서양에서 아이들이 만든 눈사람의 일반적 형태는 파이프 담배를 물고, 낡은 모자를 쓴 모습이다. 시인은 그 눈사람을 꼼짝하지 않고 서 있는 정태적인 모습으로 묘사하지 않고 추위에 쫓겨 달려가는 눈사람으로 변형시켜 기발한 환상적 분위기를 연출한다. 어린이 독자들은 이 시를 읽으면서 눈사람이 어느 집 안에 들어가 몸을 덥히기 위해 '빨갛게 달아오른 난로' 위에 앉자마자 사라졌다는 대목에 이르러서 웃음을 터뜨릴 수 있다. 아이들에게 눈사람의 '죽음'은 슬프지 않다. 왜냐하면 눈이 쌓인 다음 날 아침, 집 밖에서 똑같은 눈사람을 만들 수 있기 때문이다.

3월의 딸

3월의 딸
4월의 아들이
5월의 연인들이라네

셍텔므[1] 축일을 기념해
만든 동전 속에서 성인의 불꽃이
트롤리[2] 활차 위에서 탁탁 소리를 내고 있네

3월의 딸
4월의 아들이
5월의 연인들이라네

회전목마의 부드러운 소리에 몸이 흔들려
꿈을 어루만지고
서로의 몸을 어루만지고 그러다가

그들은 일생 동안
사랑하게 되었다네
그 꿈은 축제의 소란처럼 진실한 것이었네

그들의 사랑은 일생 동안 이어졌네

그건 인생 때문이었네

그들이 헤어진다 해도

인생이 그들을 다시 만나게 해주었네

「고엽」에서도 그렇듯이 사랑의 만남과 헤어짐의 원인은 사람이 아니라, 인생이다. 인생이 연인들을 만나게 하고, 헤어지게 하고, 또한 다시 만날 수 있게 하는 것이다.

1　셍텔므Saint-Elme는 전설적으로만 알려진 순교자이다. 셍텔므 축일은 6월 2일이다.

2　트롤리trolley는 본래, 전차의 폴 꼭대기에 있는 작은 쇠바퀴로 가공선에 접하여 전기를 통하게 하는 것이다. 회전목마를 돌아가게 하는 기계의 원리도 같다.

어느새 아침 우유병 내려놓는 소리가

차가운 길 돌바닥 위에 어느새 아침 우유병 내려놓는 소리가
온 동네를 잠에서 깨어나게 하면
우유 배달하는 작은 자동차가 길 모퉁이를 돌아가기도 전에
우유병은 모두 사라지겠지

그리고 길은 다시 한적해지겠지
그러나 집집마다 부엌의 창들에서는
아주 젊은 목소리가 날아오르겠지
잘못 열어놓은 새장에서
슬픈 새가 기쁨에 넘쳐서 날아가듯이

가을은 겨울을 기다렸고
봄은 여름을 기다렸고
밤은 낮을 기다렸고
차茶는 우유를 기다렸고
사랑은 사랑을 기다렸고
나는 외로워서 울었지[1]

한 번도 날아본 적 없는 새가 나무에 부딪쳐 숲의 언저리에

서 죽어가듯이

　푸르른 이른 아침의 짧은 빛 속에서

　아주 순수한 목소리 하지만 어느새 쓸쓸해진 목소리

　그 목소리도 사라지겠지

─────── 「어느새 아침 우유병 내려놓는 소리가」

프레베르의 시에서 젊은 여자는 종종 새에 비유된다. 여기서 표현된 새의 죽음은 여자에게 결혼이 자유와 행복을 가져다주지 못했을 경우를 암시한 것이다.

1   이 시의 화자가 여자라는 것을 보여주는 대목이다. '나는 외로웠다 J'étais seule'는 구절에서 '외롭다'는 형용사가 여성형이기 때문이다.

새로운 계절

비옥한 대지

착한 달

너그러운 바다

물결의 흐름 따라

웃음 짓는 태양

자유로운 시간의 딸들과

대지의 모든 아들들이

황홀한 행복감에 잠겨 있네

절대 여름도 없고 절대 겨울도 없고

절대 가을도 없고 절대 봄도 없었네

그저 언제나 좋은 날씨뿐이었네

사랑스러운 아이들은 하느님을

지상의 낙원에서 쫓아냈다네

아이들은 아담과 이브의 하느님을 인정하지 않았네

하느님은 공장에서 일자리를 찾아다녔네

자기를 위한 일 자기의 뱀을 위한 일이었네

하지만 이제는 공장도 없어지고

있는 것이라고는 오직

비옥한 대지

착한 달

너그러운 바다

웃음 짓는 태양뿐

그래서 하느님은 자기의 뱀을 데리고

그 자리에 머물러 있었네

뚱뚱한 성 요한이 예전처럼

사태에 잘 대처하지 못하고 끌려갔다네

───────── 「새로운 계절」

　　바타유가 말한 것처럼 전복과 위반의 시인이자 반(反)고전주의자로 명명될 수 있는 프레베르의 신(神)에 대한 생각이 유머러스하게 표현된 시이다. 이것과 비슷한 시가 「주기도문Pater noster」인데, 이 시의 첫 구절은 "하늘에 계신 우리 아버지/거기에 그대로 계십시오"이다. 이것은 니체의 '신(神)의 죽음 이후' 하느님이 이제 지상의 삶에 관여하지 않아도 되는 시대가 되었음을 반어적으로 표현한 시구이다.

V

사랑의 달콤하고
위험한 얼굴이…

아름다운 여인

신神을 부정하건 악마를 부정하건

아무런 죄도 짓지 못하는

그대는 아름다운 여인

부정할 수 없는 사실

그대는 바다처럼 아름답고

인구가 증가하기 전의 지구처럼 아름다운

그대는 여자

그대는 보이지 않는 바람처럼 아름답고

아침과 저녁처럼 아름답지

그대는 아름답지만 유일하게 아름다운 사람은 아니지

그대는 아름답지만 수많은 미인들 중에서 스타처럼 아름답

지는 않지

그대는 아름다운 사람들 중의 한 사람

나의 사람이면서도

내가 소유할 수는 없는 사람

하지만 그대는 세상에 하나밖에 없는 무인도

나 거기서 그대와 함께 살아가리라

「아름다운 여인」

이것은 피에르 비용P.Billon의 영화 〈태양은 언제나 옳다Le soleil a toujours raison〉의 주제가로 만든 샹송이며, 티노 로시T.Rossi가 노래했다.

너는 나를 떠났다

아름다운 사람아 네가 나를 떠날 때
나도 너를 떠났지
우리는 서로 동시에
각자 자기의 길로 떠났지
그건 서로를 보다 잘 알기 위해서였고
서로를 몹시 그리워하기 위해서였고
서로를 잘 이해하기 위해서였고
우리가 어떤 사람인지 알기 위해서였지

그대는 낮처럼
내가 그대를 처음 만났던 날의 낮처럼 아름답고
그대는 밤처럼
그대가 나에 대한 관심 없이 떠났던 날의 밤처럼 슬프다

──────── **「너는 나를 떠났다」**

　　프레베르의 시에서 사랑의 이별은 결코 절망적이거나 무의미하지 않다. 이별은 서로의 존재를 더 잘 알 수 있게 하고, 서로의 소중함을 깨닫게 하고 서로를 몹시 그리워할 수 있는 기회이다. 그렇기 때문에 이별은 늘 재회의 가능성을 열어둔다.

나는 본래 이런 사람이에요

나는 본래 이런 사람이에요

생긴 모습 그대로지요

웃고 싶을 때는 그래요 큰 소리로 웃지요

나는 나를 좋아하는 사람을 좋아해요

그게 뭐 잘못인가요

내가 매번 좋아하는 사람이 달라진다 해도

나는 본래 이런 사람이에요

생긴 모습 그대로지요

그 이상 어쩌란 말이에요

나를 보고 어쩌란 말이에요

남들은 나의 이런 모습이 그대로 좋다네요

그러니 아무것도 바꿀 수 없지요

내 하이힐은 너무 높고

내 허리는 너무 뒤로 젖힌 듯하고

내 젖가슴은 너무 많이 단단하고

내 눈가는 너무 거무스레한 빛인데

그래서

이런 모습이 어떻다는 건가요

나는 본래 이런 사람이에요
나는 나를 좋아하는 사람을 좋아해요

이런 모습이 어떻다는 건가요
나에게 중요한 일은 모두
내가 누군가를 좋아했고
그 누군가도 나를 좋아했다는 것
서로 좋아하는 아이들처럼
그냥 그렇게 사랑하고
사랑하고 사랑하는 일이지요
왜 나에게 그런 걸 묻나요
내 모습 그대로 좋다는데요
그러니 아무것도 바꿀 수 없지요

프레베르가 각본과 대사를 쓴 영화 〈천국의 아이들〉에서 여주인공은 자기에게 사랑을 고백하는 남자에게 '나는 본래 이런 사람이에요'라고 상송을 노래한다. 영화에서는 이 상송에 이어 '나는 좋은 사람에게 싫다는 말은 절대로 못하는 사람'이라는 대사를 덧붙이기도 한다.

"나는 본래 이런 사람이에요"의 의미는 인간관계에서뿐 아니라 사회와의 관계에서도 사람이 본래의 모습을 감추고 살 수도 없고, 인위적으로 변형시켜서도 안 된다는 것이다.

나를 만든 건 사랑이지

나는 벌거벗은 모습으로 태어났지

태어날 때 모습 그대로 살았지

아주 작은 몸으로 태어났지

아주 빨리 자라면서도

하나도 변하지 않았지

대부분의 시간을

벌거벗은 몸으로 살았지

벌거벗은 몸으로 산 시간

그 시간이 재산이었지

나를 만든 건 사랑이지

나를 반겨준 것도 사랑이고

나를 요정으로 만든 것도 사랑이지

내 곁에 있었던 연인

그는 어디로 갔을까

나를 기쁘게 하고

나를 꿈꾸게 하고

나를 춤추게 하고

그의 지휘대로 나의 사랑은 춤추었지

그는 나의 오케스트라 지휘자
나는 그의 무용단이지

나를 만든 건 사랑이지
나를 반겨준 것도 사랑이고
나를 요정으로 만든 것도 사랑이지
그리고 마음 내키는 대로
나는 당신을 짐승으로 변하게 했지
당신의 사랑은 나를 기쁘게 했지
당신의 사랑은 진실하지 않았지
나의 지휘대로 걸어가세요
그리고 돈을 내세요

나를 만든 건 사랑이지
나를 무너뜨리고
나를 버린 것도 사랑이지
내 곁에 있었던 연인
그는 어디로 갔을까
그는 어디로 갔을까
그는 어디로 갔을까

──────── 「나를 만든 건 사랑이지」

시인이 창녀인 듯한 여성 화자의 관점에서 쓴 샹송 가사인데, 이 노래가 영화의 주제가인지는 확실치 않다.

사랑의 달콤하고 위험한 얼굴

달콤하고 위험한

사랑의 얼굴이

어느 날 저녁

아주 긴 하루가 끝날 무렵 나타났어요

활 든 궁수였을까요

아니면 하프를 안은

악사였을까요

나는 더 이상 알 수 없어요

아무것도 알 수 없어요

내가 알고 있는 것은 오직

그가 나에게 상처를 주었다는 사실뿐이지요

화살을 쏘아서 그랬는지도 모르고

노래를 불러서 그랬는지도 몰라요

내가 알고 있는 것은 오직

그가 나에게 상처를

마음의 상처를

주었다는 사실뿐이에요

그리고 언제나

사랑의 상처는

뜨겁다는 것 너무나 뜨겁다는 것이지요

──────── 「사랑의 달콤하고 위험한 얼굴」

　　　　사랑의 상처를 노래한 이 시의 여성 화자는 상처가 아프다고 말하지 않고 뜨겁다고 말한다. 뜨겁다는 것은 고통의 느낌보다 기쁨에 가까운 표현이 아닐까?

그 사랑

그 사랑

그토록 격렬하고

그토록 연약하고

그토록 부드럽고

그토록 절망적인

그 사랑

햇빛처럼 아름답고

날씨가 나쁠 때

그 날씨처럼 나쁜

그토록 진실한 사랑

그토록 아름답고

그토록 행복하고

그토록 즐겁고

그리고 그토록 덧없는 그 사랑은

어둠 속의 어린아이처럼 두려움에 떨고

한밤중에 말없이 어른처럼 자신감에 차 있고

다른 사람들을 겁나게 하고

그들을 말하게 하고

그들을 하얗게 질리게 한 그 사랑

우리가 지켜보고 있었기 때문에

감시의 대상이 된 그 사랑

우리가 추격하고 상처 주고 짓밟고 파멸시키고 부정하고 잊

어버렸기 때문에

쫓기고 상처받고 짓밟히고 파멸되고 부정되고 잊혀진

그 모든 사랑

그토록 여전히 생생하고

찬란하게 빛나는 그 사랑

그건 너의 것

그건 너의 것

과거의 것

언제나 새로운 현재의 것

나무처럼 진실하고

새처럼 떨고 있고

여름처럼 뜨겁고 생생한

변함없는 것

우리는 모두 가다가 돌아올 수 있고

잊을 수 있고

다시 잠들 수 있고

깨어나 고통을 느끼고 늙어갈 수 있고

다시 잠들고

죽음을 꿈꾸고

잠에서 깨어나 미소 짓고 웃을 수 있고

다시 젊어질 수 있고

우리의 사랑은 그 자리에 그대로

당나귀처럼 고집스럽고

욕망처럼 살아 있고

기억처럼 잔인하고

후회처럼 어리석고

추억처럼 부드럽고

대리석처럼 차갑고

햇빛처럼 아름답고

어린아이처럼 연약한 모습 그대로

그 사랑은 웃음 지으며 우리를 바라보고

아무 말 없이도 말한다

나는 몸을 떨면서 그의 말에 귀 기울이다가

외친다

너를 위해 외친다

나를 위해 외친다

나는 사랑에게 애원한다

너를 위해 나를 위해

서로 사랑하고 서로 사랑했던 모든 사람들을 위해

그렇다 나는 사랑에게 외친다

너를 위해 나를 위해

그리고 내가 모르는 모든 다른 사람들을 위해

그 자리에 그대로 있으라고

움직이지 말라고

떠나지 말라고

서로 사랑했던 우리는

우리는 너를 잊었어도

너는 우리를 잊지 말라고

우리는 이 세상에서 너밖에 없다고

부디 우리가 냉정한 사람이 되지 않게 해달라고

아주 먼 곳에서도

그 어느 곳일지라도

우리에게 소식 전해달라고

먼 훗날 어느 작은 숲 모퉁이에서

기억의 큰 숲에서

갑자기 나타나

우리에게 손을 내밀고

우리를 구원해달라고

─────── 「그 사랑」

　　　　이 시에서 사랑은 '신(神) 없는 시대'의 구원자 역할을 하는 존재로 그려진다. 시인은 의인화된 사랑을 향하여 "우리는 너를 잊었어도/ 너는 우리를 잊지 말"기를 애원하듯이 말한다. 사랑이 "우리를 잊지" 않는다는 것은 사랑이 변함없이 살아 있다는 것이다. 그러나 사랑을 변함없이 살아 있게 하기 위해서 연인들이 무엇을 어떻게 해야 할지는 아무도 알 수 없다. 그것은 정답이 없는 문제이기 때문이다.

크고 붉은

대궁전 위로
크고 붉은
겨울의 태양이 나타났다가
사라진다
그 태양처럼 내 마음은 사라져가리
내 모든 피도 함께 떠나리
너를 찾아 떠나리
내 사랑아
내 여인아
너 있는 곳을 찾아
너를 만나러 떠나리

————— 「크고 붉은」

　　"겨울의 태양이 나타났다가/ 사라진" 풍경은 사랑의 죽음을 암시한다. 그렇다면 "내 마음이 사라져가리"라는 것도 사랑의 죽음을 의미하는 것이 아닐까? 이 시의 끝 부분 "너 있는 곳을 찾아/ 너를 만나러 떠나리"는 화자가 죽은 애인을 따라 죽고 싶다는 것을 암시한다.

루비 같은 마음

나는 너를 사랑한다고 말할 줄 알지만
사랑하는 방법은 알지 못하지
루비 같은 너의 마음
그걸 내가 어떻게 했을까?

나는 그냥 사랑의 놀이를 했을 뿐이지
사랑을 어떻게 할 줄은 알지 못했지
루비 같은 너의 마음
그걸 내가 어떻게 했을까?

유리창은 깨어졌고
상점은 닫혀 있고
새틴 천은 찢어졌고
보석상자는 짓밟혔지

나는 너를 갖고 싶었는데
나는 너를 소유하고 싶었는데
나는 그냥 사랑의 놀이를 했을 뿐인데
나는 속임수를 썼을 뿐인데

너의 루비 같은 마음
그걸 어떻게 했을까?
이제는 너무 늦었지
내가 모든 것을 망가뜨렸지

너의 루비 같은 마음
그건 팔아넘길 수가 없는 거지
훔친 사랑에는
장물아비가 없는 법

─────── 「루비 같은 마음」

　　사랑을 '마음의 보석'이라고 한다면, 그것을 갖고 싶
다고 해서 강제적으로 편법이나 불법을 사용할 수 없다는 것을
노래한 시이다.

내 사랑 너를 위해

새 시장에 갔네
그리고 새를 샀지
내 사랑
너를 위해
꽃 시장에 갔네
그리고 꽃을 샀지
내 사랑
너를 위해
철물 시장에 갔네
그리고 쇠사슬을 샀지
내 사랑
너를 위해
그 다음 노예시장에 갔네
그리고 너를 찾아 헤맸지만
너를 찾지 못했네
내 사랑아

─────── 「내 사랑 너를 위해」

　　　　프레베르의 시에서 사랑은 자유와 동의어이다. 사랑이 계속될 수 있는 것은 연인들이 상대편의 자유를 인정하고 존중한다는 전제에서이다. 그러나 사람들은 종종 이러한 진실을 잊어버린다. 사랑의 관계에서 사랑하는 사람을 새가 아닌 꽃으로, 꽃이 아닌 쇠사슬로, 쇠사슬이 아닌 노예로 소유하려는 사랑에 대한 권력욕이야말로 시간이 갈수록 변질된 사랑의 추악한 모습이다. 그러한 욕망 앞에서 사랑은 가뭇없이 사라질 뿐이다.

아름다움이여

아름다움이여, 그 누가

보다 아름답고

보다 고요하고

보다 이론의 여지 없고

보다 생동감 넘치는

어떤 이름을 찾아낼 수 있을 것인가

아름다움이여

나는 종종 너의 이름을 사용해서

너를 널리 알리는 일을 하는데

나는 고용주가 아니지

아름다움이여

나는 그대의 고용인일 뿐

─────── 「아름다움이여」

　　예술가가 아닌 보통 사람은 '아름다운 것' 앞에서 그
것이 왜 아름다운지를 설명하지도 못하고, 그것을 자기의 언어
로 표현하지도 못한다. 그러나 어떤 설명과 표현의 능력을 갖고
있지 않더라도, 그에게 '아름다운 것'을 찬미하고 감탄하는 능
력, 즉 '아름다운 것'의 고용인이라는 겸손함만 있다면, 그것은
얼마나 다행스런 일인가.

바르바라 [1]

기억하라 바르바라여

그날 브레스트 [2]에는 끊임없이 비가 내리고 있었지

그리고 너는 미소를 지으며

환한 얼굴로 비에 젖은 채

기쁨에 가득 차 빗 속을 걷고 있었지

기억하라 바르바라여

브레스트에는 끊임없이 비가 내리고 있었지

시암 [3]로에서 너와 마주쳤을 때

너는 웃고 있었지

그래서 나도 웃었지

기억하라 바르바라여

내가 알지 못했던 너

나를 알지 못했던 너

기억하라 바르바라여

그래도 그날을

기억하라 바르바라여

잊지 않겠지

어느 집 처마 밑에서 비를 피하던 한 남자를

그가 너의 이름을 불렀지

바르바라

그러자 너는 비를 맞으며 그를 향해 달려갔지

비에 젖은 채 밝은 빛으로 기쁨에 가득 차

그리고 너는 그의 품에 뛰어들었지

기억하라 그것을 바르바라여

내가 너에게 반말을 한다고 기분 나빠 하지는 않겠지

나는 내가 사랑하는 모든 사람을 '너'라고 부른다

내가 그들을 한 번밖에 본 적이 없다 해도

나는 서로 사랑하는 모든 애인들을 '너'라고 부른다

내가 그들을 모른다고 해도

기억하라 바르바라여

잊지 않겠지

너의 행복한 얼굴 위에

행복한 그 도시 위에 내리던

얌전하고 행복한 비를

바다 위에

해군기지 위에

웨상[4]의 선박 위에 내리던 비를

오 바르바라

전쟁이란 얼마나 어리석은 짓인가

그 무쇠의 빗속에서

피의 강철의 불의 빗속에서

지금 너는 어떻게 되었니

그리고 사랑스럽게

두 팔로 너를 끌어안던 그 사람은

그는 죽었을까 실종되었을까 아직 살아 있을까[5]

오 바르바라

지금도 브레스트에는 옛날처럼 끊임없이

비가 내리지만

이제는 옛날 같지 않고 모든 것이 망가졌지

이 비는 무섭고도 황량한 죽음의 비

이 비는 이제 피의 강철의 무쇠의

폭풍우의 비도 아니지

다만 브레스트에 내리는 빗물을 따라

사라지는 개들처럼 죽는 구름일 뿐

브레스트에서 아주 멀리 떠나

죽어 썩으면 아무것도 남지 않는 개들처럼

이 시의 서두에서 "브레스트에 끊임없이 내리던" 비는 후반부에서 야만적인 전쟁의 폭탄 투하의 비로 바뀌고, 결국 모든 것을 썩게 만드는 비로 끝난다. 그러니까 비는 먼 과거의 행복한 비에서 가까운 과거의 야만적인 비를 거쳐, 글 쓰는 화자의 현재 시점과 일치하는 황량한 죽음의 비로 변주되는 것이다. 초반부의 '행복한 비'가 내리는 장면에서 사랑하는 연인들이 "환한 얼굴로 비에 젖은 채 기쁨에 가득 찬" 모습으로 걷는 모습이 매우 인상적이다. 시인은 모든 연인들을 '너'라고 부른다면서, 사랑하는 사람들과의 동지애적 연대감을 표명하는데, 이것은 「절망은 벤치 위에 앉아있다」에 나오는, 고통스럽고 절망하는 사람들과의 공감의식과 일치한다.

1 전쟁에 대한 분노의 외침을 담은 이 시는, 프레베르가 2차 세계대전이 끝나기 전 1944년 말에 쓴 것으로 알려져 있다. 그는 전쟁이 일어나기 전 1939년 가을, 브레스트에서 머물고 있었다. 독일군이 이 도시에 있는 해군 기지의 전략적 중요성 때문에 이 도시를 침공한 것은 1940년 6월 18일이다. 독일군이 이 항구도시를 점령한 4년 동안 이곳은 연합군의 끊임없는 폭격 대상이 되고, 도시의 많은 건물들이 파괴될 수밖에 없었다. 프레베르는 전쟁 이전이나 이후에도 브레스트와 웨상에 자주 갔고, 그곳에서 '바르바라'라는 이름을 자주 들었다고 말한다. '바르바라'는 시인이 알고 있는 어떤 특정한 여자의 이름이 아니라, 프랑스의 어느 곳에서라도 볼 수 있고, 들을 수 있는 흔한 이름이라는 것이다.

2 브레스트Brest는 브르타뉴 지방의 항구도시이다.

3 시암Siam로는 브레스트의 거리 이름이다.

4 웨상Ouessant은 해군기지가 있는 지명이다.

5 전쟁의 상황에서 제일 중요한 뉴스이거나 사람들이 가장 관심을 갖는 속보는 사망과 실종과 생존 여부이다.

서로 사랑하는 아이들

서로 사랑하는 아이들이

밤의 문에 기대어 서서 입맞춤한다

지나가는 사람들은 손가락질한다

하지만 서로 사랑하는 아이들은

그 자리에서 그 누구의 눈치도 보지 않는다

지나가는 사람들의 분노를 돋우며

어둠 속에서 떨고 있는 것은

아이들의 그림자뿐이다

어른들의 분노 그들의 경멸 그들의 비웃음 그들의 시샘

서로 사랑하는 아이들은 그 누구의 눈치도 보지 않는다

아이들은 밤보다 더 먼 곳에

햇빛보다 더 높은 곳에

첫사랑이 찬란하게 빛나는 다른 세계에 가 있다

─────────── 「**서로 사랑하는 아이들**」

　　이 샹송은 「고엽」과 함께 영화 〈밤의 문〉에 삽입된 노래들 중의 하나이다. 이 시에서 분명히 보여지듯 시인은 사랑하는 아이들의 친구이다. 이 시의 끝에서 사랑하는 아이들이 밤보다 멀고, 햇빛보다 더 높은 다른 세계에 가 있다는 표현은 매우 아름답다.

누군가 문을 두드리네

누구세요
아무도 없는데
그건 단지
너 때문에
두근거리는
아주 거친 소리로 두근거리는
내 마음의 소리일 뿐
그러나 밖에는
나무 문 위에 있는 작은 청동빛 손이
움직이지 않았네
흔들리지도 않았네
작은 손가락 끝부분조차 흔들리지 않았네

———————— 「누군가 문을 두드리네」

누군가 찾아오기를 간절히 기다리는 사람에게는 찾아오는 사람이 없어도 문을 두드리는 소리가 들릴 수 있다. 그렇지 않다면, 이 시는 누군가 그 집에 찾아왔다가 문을 두드리지 못하고 망설이다가 돌아가는 모습을 그린 것일지도 모른다. 마음이 여린 사람들의 사랑은 이렇게 시작하는 것이 아닐까.

밤의 파리

어둠 속에서 하나씩 세 개의 성냥에 불을 켠다
첫 번째 것은 너의 얼굴을 보기 위해서이고
두 번째 것은 너의 눈을 보기 위해서이고
세 번째 것은 너의 입을 보기 위해서였지
그런 후의 완전한 어둠은 너를 내 품에 꼭 안으면서
너의 모든 것을 기억하기 위해서였다

─────── **「밤의 파리」**

사랑하는 사람의 얼굴을 언제라도 보고 싶고, 영원
히 잊지 않으려는 마음을 이렇게 간절하고, 곡진하게 표현한 시
가 또 있을까?

VI

실물처럼

흐르는 모래

악마와 기적들

바람과 물결들

바다는 어느새 저 멀리 물러가 있다

그리고 너는

바람에 부드럽게 흔들리는 해초처럼

모래침대에서 꿈꾸며 몸을 움직인다

악마와 기적들

바람과 물결들

바다는 어느새 저 멀리 물러가 있다

반쯤 열린 너의 두 눈 속에

두 줄기 작은 파도가 머물러 있다

악마와 기적들

바람과 물결들

그 속에 빠져 죽고 싶은 두 줄기 작은 파도들

─────── 「흐르는 모래」

　　프레베르의 친구인 엘뤼아르는 어떤 시에서 "너의 눈에 떠 있는 배"라는 시구를 통해 사랑하는 사람의 눈을 보면서 바다와 배와 여행을 꿈꾼다. 사랑은 모험과 여행에의 꿈일 수 있기 때문이다. 마찬가지로 프레베르의 이 시에서 "너의 두 눈속에 두 줄기 작은 파도"는 넓은 바다의 포용성과 바다가 펼쳐 보이는 변화무쌍한 세계의 단초를 암시한다. 사랑의 출발점에 서 있는 사람들은 사랑의 모험을 통하여 어떤 '악마와 기적들'을 경험하게 될지 모른다.

실물처럼

이 꽃은 저 유리처럼

모래에서 나오지 않았다

이 유리는 저 꽃처럼

땅에서 나오지 않았다

이 꽃병을 만든 손과

이 꽃을 따는 다른 곳의 다른 손은

아담의 갈비뼈에서도 주피터의 넓적다리에서도

마술사의 마술상자에서도 나오지 않았다

그리고 분주히 움직이는 이 손들은

어디에서 온 것일까

어디로 가는 것일까

그리고 이 도자기

그리고 이 나무 조각

그리고 이 가죽 토막

그리고 이 명예훈장 위에 붙은 작은 빈대는

바람이 모래언덕을 이동시킨다

시간은 유적들을 소멸시킨다

사람들은 저마다 자기의 짝과 함께 떠나고

사라졌다가 다시 나타나고
서로 만났다가 서로 모른 체한다
번갈아가며
아주 자연스럽게
혈관 속의 피처럼
바닷속의 물고기처럼
목에 걸린 생선가시처럼

───────── 「실물처럼」

「실물처럼」이라는 제목은 D'après nature를 번역한 것이다. 이것을 글자 그대로 옮기자면, '자연에 의해서'이거나 '자연에 따라서'이다. 이 말에 의거해서 시를 이해하자면 예술 작품이건 인간관계이건 자연스러운 것이 가장 좋다는 생각이 떠오른다.

풍경의 색깔

이 작은 풍경은 얼마나 아름다운가

두 개의 바위들 몇 그루 나무들

그리고 물과 해안

이 풍경은 얼마나 아름다운가

소음도 들리지 않고 바람도 잔잔하고

물결은 넘실거리네

이것은 브르타뉴 지방의 작은 풍경이지

멀리서 바라보면

손바닥 한가운데 담을 수 있는 정도라네

그러나 앞쪽으로 더 다가가면

아무것도 보이지 않고

바위 위에서 부딪치거나

나무 위에서 부딪치게 되지

다치게 되면 안 좋은 일이지

손으로 만질 수 있을 만큼 가까워서 좋은 풍경도 있고

아주 멀리서 바라보면 좋은 풍경도 있지

여하간 아름다운 풍경이지

옆에 같이 있는 것은

붉은 장미의 붉은색 수레국화의 푸른색

금잔화 꽃의 노란색 작은 회색 말들의 회색

이 모든 축축하고 부드럽고 작은 마법의 조화

그리고 극락조의 요란한 웃음소리

아주 쾌활하고 아주 슬프고 아주 매력적인 그 알 수 없는 소

리들이라네…

물론,

장밋빛의 장미도 없고

붉은 장미도 없는 풍경

작은 회색 말이 없는 회색의 풍경

알 수 없는 소리도 들리지 않고 극락조도 없는 풍경

그것도 브르타뉴 지방의 한 풍경이지

그래도 나는 이 풍경이 좋다네

나는 이 모든 것을 그녀에게 선물하고 싶다네

이건 별로 대수롭지 않은 일이지 그렇지 않은가

그러면 그녀가 좋아하겠지

이 풍경을 보고

세상에서 제일 예쁜 여자는 자기가 갖고 있는 것만을 줄 수

있겠지만

나는 세상에서 제일 예쁜 여자를

그 풍경 속에 놓아두겠네

그 풍경 속에서 그녀는 행복하겠지

그녀는 그 풍경을 좋아하겠지

그러면 풍경은 자신의 능력이 닿는 대로

그늘을 드리우고

햇빛을 만들어주겠지

그녀는 그곳에 머물러 있고

나도 그곳에 머물러 있겠지

그녀 옆에는

우리들 옆에는 고양이 한 마리 개 한 마리가 있겠지

말도 한 마리 있고

탬버린을 들고 있는 갈색의 곰도 있고

이름을 잊어버린 아주 양순한 동물들도 여럿 있겠지

초롱불 빛의 꽃장식들

축제가 열리면

갈색의 곰은 탬버린을 두드리고

모두들 춤을 추겠지

모두들 노래하겠지

프레베르는 '파리의 시인'이라고 불릴 만큼 파리의 풍경을 많이 노래했고, 지방의 도시나 자연의 아름다움을 시의 주제로 삼은 경우는 많지 않다. 브르타뉴의 작고 아름다운 풍경을 노래한 이 시는 그렇게 많지 않은 시 중의 하나이다.

시냇물

다리 밑으로 많은 물이 흘러갔고
엄청나게 많은 피도 흘러갔다네
하지만 사랑의 발밑에는
백색의 넓은 시냇물이 흘러가네
그리고 매일매일이 축제인
달의 정원에서
그 시냇물은 잠들며 노래한다네
그리고 그 달은
푸르고 커다란 태양이 돌고 있는
나의 머리이고
그 태양은 바로 그대의 눈이라네

─────── 「시냇물」

　　이 시를 얼핏 보면, 사랑의 시냇물 속에 비친 연인들의 모습이 해와 달처럼 떠 있는 모습을 연상할 수 있다. 그러나 좀 더 자세히 읽으면 달과 해와 '나의 머리'와 '그대의 눈'은 신비롭게 일치된다. 그러한 일치성이 바로 사랑의 효과일 것이다.

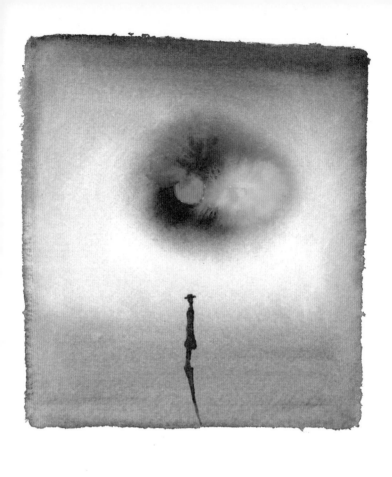

다갈색의

다갈색의 다갈색의 작은 달이여

늙은 잿빛 구름이 그대를 쫓아다니지만

노란색 연필이

햇빛의 문 위에

태양이라는 자기 이름을 쓰자

구름은 쓰러지고 너는 달아났지

다갈색의 다갈색의 작은 달이여

부드럽고 작은 행복한 모습이여

밤의 기쁨이여

──────── 「다갈색의」

　　프레베르 사후에 발견된 작품으로, 앞에서 나온 「크
고 붉은」의 내용과 연결된 느낌을 준다. 「크고 붉은」이 사랑하
는 여자의 죽음을 목격하고 자신도 죽고싶다는 심정을 노래한
것이라면, 이 시의 화자는 "다갈색의 작은 달"을 줄기차게 따라
다니는 구름으로 표현되어, 그만큼 절실한 사랑을 부각시킨다.

물

물

분수의 물

분수 없는 연못의 물

양어지의 물 강물 개울물 개수대의 물 조수조의 물 병원의 물

아주 오래된 우물물 억수같이 쏟아지는 빗물

수문의 물 선박을 예인할 수 있는 부두의 바닷물

물시계의 물 난파선의 물

입안의 군침이 도는 물

어둡고 빛나는 커다란 눈의 눈물

얼어붙은 땅의 물 불타는 바다의 물

공장의 물 보일러의 물

부엌의 물 물냉이를 재배하는 못의 물

배의 부드러운 물 기관차의 힘찬 물

흐르는 물 혼미한 정신의 몽상적인 물

위험한 물

잠자다가 소스라쳐 깨어나는 물

태풍의 물 높은 파도의 물 수도꼭지의 물 해일의 물 큰 파도의 물

작은 원탁 위에 놓인 물병의 물

샘물 마시는 곳의 물

물이여

네가 여름날 런던의 어둠 속에서 춤을 출 때

너의 도깨비불이 아주 슬픈 이야기를 해주었지

템스 강이 아이들에게 들려준 오랜 전설의 이야기를

오필리아의 도깨비불과

불쌍한 햄릿의 광기의 이야기를

눈물의 강 속에

꽃 한 송이 빠져 죽었네

피의 강 속에

태양이 스러졌네

어떤 부패한 것이 나타나 그를 위로해주고 싶어 했네 [1]

─────── 「물」

　　이 시는 『런던의 매력』(1952)에 수록된 작품이다. 『런던의 매력』은 프레베르가 런던을 여행하면서 떠오른 생각과 영감을 담은 짧은 시들로 구성되어 있다. 시인에게는 산업화된 도시의 어두운 풍경과 함께 크고 우람한 나무들, 변함없이 흐르는 템스 강이 인상적이었던 것 같다. 이 중에서 강은 역사와 문화의 증인일 뿐 아니라, 많은 사람들의 삶과 죽음, 기쁨과 절망의 사연을 묵묵히 감싸안는 모성의 '물'이기도 하다.

　　1　'물이여'로 시작하는 이 시의 후반부 내용은 모두 셰익스피어의 『햄릿』에 나오는 등장인물들의 대사를 패러디한 것이다.

나무들

키 큰 나무들아 런던의 나무들아
너희들은 지상의 마지막 들소들처럼 아주 멀리 유배되어
넓은 공원의
철책 뒤에 갇혀 있구나

나무들아
런던의 키 큰 나무들아
너희들은 망명 중이지
너희들은 오늘도 위기를 느끼는 식물계에 관해서
호소할 대상인 폭풍우를 기다리겠지

하지만 아이들이 늘 달려오지
도시의 매연과 도시의 차가운 사막을
멀리 뒤로한 채
서늘한 빛의 오아시스를 향해 달려오지

봄방학
여름의 푸르른 휴가
런던의 나무들아 너희들은 웃음 짓겠지

너희들이 아이들을 좋아하듯이 아이들이 너희들을 좋아하
니까

아이들의 마음속 생각을 이해하려고 애쓰지 않아도 되니까

런던의 나무들이여

물과 숲의 오랜 박물관의 걸작들이여

─────── 「나무들」

　　이 시는 『런던의 매력』에 수록된 작품으로서 프레베르가 런던에 여행했을 때에 인상 깊었던 나무들의 풍경을 대상화한 것이다. 프레베르는 새와 같은 동물도 좋아하지만, 나무와 같은 식물도 좋아한다. 그는 『나무들』(1976)이란 제목의 시집을 펴내면서, 시와 함께 화가 조르주 리브몽 데세뉴가 그린 나무들을 주제로 한 판화들을 여러 장 삽입하기도 했다.

VII

꽃과 왕관

꽃과 왕관

인간이여

그대는 세상의 모든 꽃들 중에서 가장 슬프고 가장 침울한
꽃을 바라보지

그리고 그대는 다른 꽃들에게처럼 그 꽃에 이름을 만들어주
었지

꽃의 이름은 팡세(팬지)지

팡세(팬지)

그것은 꽃을 잘 관찰해서 만든 이름이었고

나름 잘 구상해서 만든 이름이었네

그리고 잘 살지도 못하고 절대로 시들지도 않는

더러운 꽃들에는 보릿대국화라는 이름을 지어주었지

그 꽃들에게는 잘된 일이었지

하지만 백합과 식물에게는 라일락이라는 이름을 지어주었지

라일락 그 이름은 완벽했지

라일락… 라일락

데이지 꽃들에게는 여자 이름을 붙여주었고

여자들에게는 꽃이름을 붙여주었지

그건 서로 마찬가지

중요한 건 그 이름이 예쁘다는 것이었지

그건 아주 즐거운 일이지…

결국 평범한 모든 꽃들에는 평범한 이름을 붙여주었고

가장 아름다운 꽃에는 가장 멋진 이름을 붙여주었네

더러운 오물 위에서도 반듯하게 자라는 꽃

녹슬고 오래된 용수철 옆에서도

비 맞은 늙은 개들 옆에서도

낡고 찢어진 매트리스 옆에서도

영양실조에 걸린 사람들이 사는 판자촌 옆에서도 꿋꿋하게

자라는 꽃

그토록 생생하고

아주 노랗고 아주 빛나는 꽃

학자들이 해바라기라고 부르는 꽃

그대는 그 꽃을 해라고 불렀지

…해라니…

아! 아! 슬프고 유감천만이네

누가 해를 쳐다보나요 그렇지 않아요?

누가 해를 쳐다보다니?

아무도 이제는 해를 쳐다보지 않는데

사람들은 이제 모두 그렇게 되었는데

지식인이란 사람들…

단추 구멍에 암종성의 괴경성의 아주 작은 꽃을 꽂고

땅을 보면서 거닐고

하늘을 생각하지

그들은 생각하지… 그들은 생각하지… 그들은 끊임없이 생각하지

그들은 더 이상 실제의 살아 있는 꽃들을 좋아하지 않지

그들은 시든 꽃들 마른 꽃들

보릿대국화들과 팡세(팬지) 꽃들을 좋아하지

그리고 그들은 추억의 진창 속으로 회한의 진창 속으로 걸어가지

그들은 힘겨워하며

과거의 수렁 속으로

몸을 끌듯이 걸어가지

그들은 끌고 가지… 그들은 쇠사슬을 끌고 가지

그리고 발을 맞추어 가면서 발을 끌고 가지

그들은 간신히 앞으로 가다가

샹젤리제에 처박히기도 하지

그러면 그들은 장례식장에서 부르는 노래를 목이 터져라 부르지

그렇지 그들은

목이 터져라 노래하지

하지만 그들의 머릿속에서 죽어버린 모든 것을

그들은 절대로 없애고 싶어 하지 않지

왜냐하면

그들의 머릿속에는

성스러운 꽃

더럽고 초라하고 작은 꽃

병든 꽃

시큼한 꽃

늘 시들어 있는 꽃

개성적인 꽃

…팡세(팬지) 꽃이… 자라고 있기 때문이지

팡세Pensée는 '생각'과 '사상'을 의미하는 말이면서 팬지꽃을 뜻하기도 한다. 이 시에서 학자나 지식인은 삶과 자연을 즐기지 못하고, '인간과 세계에 대한' 관심의 폭이 넓지 않고 오직 자신의 생각 속에만 빠져 있는 사람들로 희화된다. 프레베르는 그러한 관념적 지식인들에 대해서 매우 비판적이다.

해바라기

가을 겨울

일주일 내내

파리의 하늘에

공장 굴뚝에서 나온 회색빛 연기가 가득하다

그러나 귀에 꽃을 얹고

예쁜 여자와 팔짱을 끼고 봄이 왔네

해바라기여 해바라기여

그건 꽃의 이름이고

특별한 이름도 없고 성도 없는

그 꽃은

길모퉁이에서

벨빌 ¹에서 세비야²에서 춤을 추네

해바라기여 해바라기여 해바라기여

길 모퉁이의 왈츠여

행복한 날들이 왔다네

아름다운 인생도 함께 왔다네

바스티유의 정령은 푸른색 지탄 담배를 피우네

사랑의 하늘에서

세비야의 하늘에서 벨빌의 하늘에서

그 어느 곳에서든지

해바라기여 해바라기여

그건 꽃의 이름이고

여자아이의 별명이라네

──────── 「해바라기」

　　이 시는 영화감독 크리스티앙 자크의 옴니버스 영화 〈잃어버린 추억〉(1950)에 삽입된 샹송이고, 이브 몽탕이 노래했다. 매연이 가득한 도시의 어느 곳에서든지, 밝고 아름답고 씩씩한 모습으로 자라는 해바라기가 찬미의 대상이 되는 것은 당연하다.

　　1　벨빌Belleville은 파리의 동북쪽에 있는 지역으로 노동자들이 많이 사는 서민 동네이다.

　　2　세비야Séville는 스페인 안달루시아 지방의 도시이다.

꽃다발(1)

그대 방금 꺾은 그 꽃으로

거기서 무얼하나요 어린 소녀여

그대 마른 꽃 그 꽃으로

거기서 무얼하시나요 젊은 여인이여

그대 시들어가는 그 꽃으로

무얼 하시나요 아름다운 부인이여

그대 죽어가는 그 꽃으로

무얼 하시나요 노년의 여인이여

— 나는 승리자를 기다리고 있어요

─────── 「꽃다발(1)」

화자가 시의 대상으로 삼은 것은 꽃을 든 여인들이
다. 그들은 어린 소녀부터 노년의 여인까지 모두 동일하다. 이런
점에서 꽃의 변화는 시간의 흐름에 따른 여인의 변화를 상징적
으로 표현한 것이다. 그러나 이 시의 끝에서 "나는 승리자를 기
다리고 있어요"라는 여자의 말이 무엇을 의미하는지는 확실하
지 않다. '승리자'는 사랑의 승리자일까? 그렇다면 여자가 노년
에 이르러서도 여전히 이상적인 남자가 나타나기를 기다린다는
말일까? 아니면 여자의 주위에 있는 어느 남자가 자신의 무관
심을 사랑의 관심으로 전환시킬 수 있게 해주길 기다린다는 뜻
일까?

꽃다발(2)

너를 위해서 나를 위해서

내게서 멀리 너의 곁에서

너와 함께 내 뜻과는 달리

내 심장의 모든 고동 소리는

너의 피가 흐르는 꽃이라네

모든 고동 소리는 너의 것

모든 고동 소리는 나의 것

어떤 날씨에도 언제까지나

삶은 꽃집 아가씨라네

죽음은 정원사라네

하지만 꽃집 아가씨는 슬프지 않네

정원사는 나쁜 사람이 아니라네

꽃다발은 너무 빨갛고

피는 너무 생생하다네

꽃집 아가씨는 웃음 짓고

정원사는 기다리다가

당신의 시간은 충분하지요라고 말하네!

우리들 심장의 모든 고동 소리는

피가 흐르는 꽃이라네

너의 피가 흐르고 나의 피가 흐르고

동시에 같은 피가 흐르는 꽃이라네

　　　　이 시는 삶과 죽음이 분리될 수 없다는 시인의 생각을 보여준다. 꽃, 꽃다발, 꽃집 아가씨가 삶의 동의어처럼 연결된 표현들이 흥미롭다.

꽃집에서

한 남자가 꽃집에 들어와
꽃을 고른다
꽃집 아가씨는 꽃을 포장한다
남자는 꽃값을 지불할 돈
돈을 찾으려고 주머니에 손을 넣다가
그 순간 갑자기
가슴에 손을 얹더니
쓰러진다

그가 쓰러지자 동시에
돈은 땅에 굴러가고
그 남자와 동시에
돈과 동시에
꽃들이 쓰러진다
돈이 굴러가고
꽃들이 망가지고
남자가 죽어가는데
꽃집 아가씨는 그 자리에 그대로 있다
물론 그 모든 일은 아주 슬픈 일이어서

꽃집 아가씨는 어떤 일이라도 해야 하지만
어찌할 바를 모르고
어디서부터 손을 써야 할지를
모른다

물론 그녀가 해야 할 일은 많다
죽어가는 남자에 대해서건
망가진 꽃들에 대해서건
그리고 그 돈
굴러가는 돈
멈추지 않고 굴러가는 돈에 대해서건

이 시는 영화의 몇 장면을 연상시킨다. 우선 꽃집에
들어온 남자가 무슨 일로 꽃을 사려는지는 알 수 없지만, 사랑
하는 사람을 위해서라고 추측해볼 수 있다. 그렇다면 꽃을 사
는 행위는 사소한 일이 아니라 그의 인생에서 가장 중요한 일
이 될 수 있는데 그 순간에 심장발작을 일으켜 죽을지 모르는
상태에 이르렀다는 것은 매우 당혹스럽다. 시인은 '꽃'과 '돈'과
'쓰러지는 남자'의 모습을 동시에 느린 화면으로 보여주면서 삶
과 죽음이 한순간에 겹쳐질 수 있음을 부각시킨다. '죽어가는
남자'를 보고 당황한 꽃집 아가씨는 "어찌할 바를 몰라" "그 자
리에 그대로" 있다. 꽃집 아가씨가 꼼짝하지 않고 그대로 있는
것처럼 모든 사물은 정지된 상태로 묘사되는데, "멈추지 않고
굴러가는 돈"은 해석 불가능의 부조리한 상황을 보여준다. 시인
은 모든 죽음과 정지의 상태에도 불구하고 멈추지 않고 굴러가
면서 비인간적으로 끊임없이 작동하는 돈의 위력을 말하려 한
것이 아닐까?

VIII

인생이 목걸이라면

인생이 목걸이라면

인생이 목걸이라면
하루는 진주라네
인생이 새장이라면
하루는 눈물이네
인생이 숲이라면
하루는 나무라네
인생이 나무라면
하루는 나뭇가지라네
인생이 나뭇가지라면
하루는 잎새라네

인생이 바다라면
하루는 파도이고
파도는 탄식이고
노래이고 전율이네
인생이 도박이라면
하루는 카드라네
다이아몬드이건 클로버이건
스페이드건 불운의 카드이건

그리고 하루가 행복이라면

사랑의 카드는

바로 사랑과 행운의 하트라네

──────── 「인생이 목걸이라면」

　　　프레베르는 피카소를 포함하여 많은 화가 친구들과
가깝게 지내면서 공동 작업을 하기도 했다. 이 시는 화가 후앙
미로와 함께 같은 주제로 책을 만들자고 하여 쓴 작품들 중의
하나이다. 하루와 인생의 관계를 다양하고 흥미롭게 표현한 이
작품에서 우리는 어제의 하루도 아니고, 내일의 하루도 아닌,
오늘의 하루가 무엇보다 중요한 것임을 알게 된다.

…할 때

새끼 사자가 먹을거리가 있을 때

암사자는 젊어지고

불이 적당히 번져갈 수 있는 자신의 몫을 요구할 때

땅은 얼굴을 붉히고

죽음이 사랑에 대해 이야기할 때

삶은 전율하고

삶이 죽음에 대해 이야기할 때

사랑은 미소 짓는다

─────── 「…할 때」

"죽음이 사랑에 대해 이야기할 때"와 "삶이 죽음에 대해 이야기할 때"는 어떻게 다를까? 전자는 사랑의 죽음을, 후자는 죽음을 극복한 삶을 의미하는 것처럼 보인다. 그렇다면 사랑은 죽음을 극복한 삶이라고 할 수 있다. 그것이 살아 있는 한 우리가 끊임없이 사랑해야 할 이유이다.

헛되도다

한 노인이 죽어라고 소리지르며
굴렁쇠를 굴리면서 공원을 가로질러가네
그는 소리치네 겨울이라고 모든 일은 끝났다고
끝장이 났다고 일은 이미 결정되었다고
미사는 끝났다고 일은 이미 벌어졌다고
연극은 끝났다고 모든 일은 불문에 붙이자고
헛되도다
헛되도다
가까운 친구들이 내 이름을 거명하며 나를 비난하고
오래 사귄 뚱뚱한 친구들도 철저히 나를 감시하지
그들은 자기들이 이해한 대로 내가 이해하도록 설득하려고
하지
헛되도다
헛되도다
절친한 친구들은 이미 세상을 떠났고
살아 있는 친구들은 이를 드러내면서
나를 비웃지
또 다른 친구들은 필요에 따라 그들을 부르기도 하고 나를
부르기도 하지

헛되도다

헛되도다

살아 있을 때 이미 죽은 것이나 다름없는 친구들

어린 시절의 꿈이 이미 죽어버린 또 다른 친구들

단정하고 모범적이고 예의바른 그 친구들은

앞으로 일어날 일

올바른 길 정해진 길

소금기둥처럼 조국이 위험해질 것을

예상하면서 자기를 죽여가지

이제 체념할 때가 왔겠지

이미 광장 안쪽에서 나팔소리가 들려온다네

공원의 문은 곧 닫히겠지

북소리는 희미하게 들려오겠지

헛되도다

헛되도다

공원은 공원을 사랑하는 사람들에게 열려 있다네

─────── 「헛되도다」

이 시는 프레베르의 두 번째 책 『스펙터클』(1951)과 관련된다. 첫 번째 시집 『말』이 문학적으로 좋은 평가를 받고 상업적으로도 큰 성공을 거둔 까닭에 프레베르는 매우 주목받는 시인이 되었다. 그렇기 때문에 사람들이 그의 두 번째 책을 기대하는 것은 당연했다. 그러나 두 번째 책은 시와 희곡 대본이 섞여 있어 구성의 통일성도 없을 뿐 아니라, 작품의 수준도 일정하지 않아 문단에서 많은 비판을 받는다. 그는 문단의 친구들로부터 많은 공격과 비난을 받은 충격의 상태에서 이 시를 쓴 것처럼 보인다.

절망은 벤치 위에 앉아 있다

공원의 벤치 위에

한 사람이 앉아 지나가는 사람을 부른다

그는 코안경에 낡은 회색빛 정장을 하고 있다

그는 작은 니나스 담배[1]를 피고 앉아 있다가

지나가는 사람을 부르거나

때로는 손짓을 하기도 한다

그를 쳐다보면 안 된다

그의 말을 들으면 안 된다

그냥 지나가야 한다

그를 보지 못한 것처럼

그의 말을 듣지 못한 것처럼

발걸음을 재촉하며 지나가야 한다

그를 쳐다보게 되면

그의 말을 듣게 되면

그는 당신에게 손짓을 하고

그러면 당신은 그의 곁에

앉을 수밖에 없다

그가 당신을 보고 웃음을 지으면

당신은 지독하게 고통스럽다

그 사람이 계속 웃음을 보이면

당신도 똑같은 웃음을 보이게 된다

어김없이

당신은 웃으면 웃을수록 더 고통스러워진다

지독하게

당신은 고통스러워질수록 더 웃으려 한다

어쩔 수 없이

그리고 당신은 그곳에

그렇게 웃으면서 벤치 위에

꼼짝없이 앉게 된다

아이들은 옆에서 뛰어놀고

행인들은

평온하게 지나간다

새들은 이 나무에서

저 나무로

날아다닌다

그리고 당신은 그곳에

벤치 위에 머물고 앉아 있다

그러면 당신은 안다 당신은 안다

이제 다시는 저 아이들처럼

뛰어놀 수 없다는 것을

당신은 안다

이제 다시는 저 행인들처럼

아무 일도 없다는 듯이

지나갈 수 없다는 것을

이제 다시는 저 새들처럼

이 나무에서 저 나무로

날아다닐 수 없다는 것을

이 시에서 벤치 위에 앉은 모습으로 의인화된 절망은 걸인이나 노숙자처럼 보인다. 그런데 이상한 것은 그의 외모가 더럽지 않고 깨끗한 정장 차림이고, 지식인처럼 코안경을 쓰고 있다는 점이다. 더구나 그는 꽁초가 아닌 니나스 담배를 피우고 있다. 그렇다면 절망은 흔히 생각하듯이 비참한 모습으로만 나타나지 않는다는 것일까?

그렇다면 시인은 왜 그러한 절망이 부르거나 손짓을 하더라도, 그를 쳐다보지 않고, 그의 말을 귀 기울여서는 안 된다고 한 것일까? 그것은 절망의 유혹에 빠져서도 안 된다는 충고나 경고의 의미일지 모른다. 사람들은 흔히 성장과정에서 절망을 경험함으로써 훨씬 성숙해질 수 있다고 말하지만, 시인은 그렇게 생각하지는 않는 것 같다. 이 시에 등장하는 아이들, 행인들, 새 등은 모두 시인이 좋아하는 대상들이다. 그들은 모두 평온하고 활기차고 자유롭게 놀거나 산책하거나 날아다닐 수 있는 존재들이다. 그러나 절망은 그러한 모든 자유로운 존재의 움직임을 정지시킨다. 시인은 인간에게 절망 이전과 절망 이후가 판이하게 다르다는 것을 말하려고 한다.

1   니나스 담배는 꽁초가 아니라, 처음부터 담뱃잎 부스러기로 만든 작은 담배이다.

음악회는 성공하지 못했네

괴로운 날들의 친구들이여

오늘 밤 잘 자게나

나는 떠나겠네

오늘 공연은 잘못되었네

모두 내 탓이지

모든 잘못은 내 쪽에 있네

자네들 말을 경청했어야 했는데

복슬개처럼 구는 소리를 냈어야 했는데 [1]

그렇게 하면 누구나 좋아하는 음악이 되겠지

하지만 그런 연주를 나는 머리로만 했네

모두들 털이 억센 개소리를 연주할 때 [2]

나는 그만 신경질을 내고 말았지

자기의 활로 연주해야 하는 법이지 [3]

사람들이 음악회에 오는 것은

죽어라 악쓰는 소리를 듣기 위해서가 아니지

동물보호소에서 들을 수 있는 그 노래가

우리의 공연을 실패하게 만든 제일 큰 요인이었지

괴로운 날들의 친구들이여

오늘 밤 잘 자게

잠 잘 자게

좋은 꿈 꾸게

나는 챙 달린 모자를 쓰고

담배 두세 개비가 든 담뱃갑을 들고

이제 떠나겠네…

괴로운 날들의 친구들이여

가끔 나를 생각해주게

훗날에…

자네들이 잠에서 깨어난 후

어디에선가…

바다표범과 훈제연어를 즐기는 친구를 생각해주게

그리고 저녁이 되면

바닷가에서

먹을 것과

마실 것을 사기 위해

돈을 마련하려는 친구를 생각해주게

오늘 밤 잘 자게

잠 잘 자게

좋은 꿈 꾸게

나는 떠나겠네

　　프레베르는 집단적인 이념의 문학 활동보다 개인적인 창작 활동을 선호한 시인이다. 그럼에도 불구하고 그는 평생 두 개의 문학 그룹에 참여했는데, 하나는 '초현실주의'이고, 다른 하나는 '10월 그룹'이다. '10월 그룹'은 4년쯤 지속하다가 재정난으로 해체되었지만, 초현실주의 그룹에서 그가 탈퇴한 것은 브르통이 지휘하는 초현실주의 문학의 이념과 방침을 따르기를 거부했기 때문이다. 물론 이 시는 초현실주의 그룹과 결별했을 때 시인이 겪은 실망과 좌절을 노래한 것은 아니다. 그러나 "자기의 활로 연주해야" 한다는 구절에서처럼 개성적이고 자유로운 표현법을 중시해야 한다는 이 시의 핵심적 주제와 그때의 생각은 다르지 않을 것이다.

1 　"복슬개처럼 구는 소리를 낸다"는 것은 대중의 취향에 맞는 문학을 한다는 뜻이다.

2 　"털이 억센 개소리를 연주한다"는 것은 대중의 취향을 거부하는 반(反)문학적이고 파괴적인 문학을 의미한다.

3 　"자기의 활로 연주해야 한다"는 것은 문학이나 예술에서는 개인의 개성적이고 자유롭고 창의적인 표현 방법이 가장 중요하다는 말이다.

느긋한 아침

견딜 수 없네

주석으로 만든 카운터 위에서 삶은 달걀 깨는

그 작은 소리를 견딜 수 없네

배고픈 남자의 기억 속을 그 소리가 휘저어 갈 때

견딜 수 없네 그 작은 소리를

그 남자의 얼굴은 끔찍해 보이네

아침 여섯 시

백화점 유리창에서 보이는 그의 얼굴

배고픈 그 남자의 얼굴

먼지 같은 뿌연 색깔의 얼굴

하지만 포탱[1] 상점의 유리창에서

그가 바라보는 것은 그의 얼굴이 아니라네

남자 얼굴이야 아무래도 상관없지

그는 더 이상 얼굴 생각은 하지 않고

몽상에 잠겨

다른 얼굴을 상상하네

가령 식초 소스로 양념한 송아지 머리 같은 것을

아니면 아무 거나 먹을 수 있는 그 어떤 머리를

그리고 그는 천천히 턱을 놀리네

천천히

그리고 천천히 이를 가네

사람들이 그의 머리를 먹으려 하기 때문이지

그는 사람들에게 맞서 아무런 일도 할 수 없다네

그는 손가락으로 하나 둘 셋 헤아려보네

하나 둘 셋

굶은 지 사흘이 되었네

사흘이나 굶었다고

이럴 순 없다고

되뇌어도 소용없는 일이네

세 번의 낮

세 번의 밤

굶는 일이

계속되었네

저 진열창 뒤에 있는

고기파이들 포도주들 통조림들

깡통이 보호해준 죽은 생선들

진열창이 보호해준 깡통들

경찰이 보호해준 진열창들

두려움이 보호해준 경찰들

여섯 마리 불쌍한 정어리들을 위해

바리케이드는 참 많기도 해라…

좀 더 떨어진 곳에 있는 카페

크림 커피와 따끈한 크루아상

그 남자는 비틀거렸네

그의 머릿속에

안개처럼 떠오르는 말들

안개처럼 떠오르는 말들

먹음직한 정어리

삶은 달걀 크림 커피

럼주를 넣은 커피

크림 커피

크림 커피

피를 넣은 죄의 커피! …²

자기 동네에서 매우 존경받던 한 남자가

대낮에 목에 칼이 찔려 죽었다네

떠돌이 살인자가 그에게서 강도질을 했다네

술을 섞은 커피값

2프랑

버터 바른 빵 두 조각 값

70상팀

그리고 팁으로 줄 25상팀을 훔치기 위해

견딜 수 없네

주석으로 만든 카운터 위에서

삶은 달걀 깨는 작은 소리를

견딜 수 없네

배고픈 그 남자의 기억 속을 휘저어가는

그 소리를

사흘 동안 아무것도 먹지 못한 '배고픈 남자'가 결국 배고파서 사람을 죽이고 강도질을 하게 되었다는 이 시의 이야기는 어떤 단편영화의 스토리처럼 전개된다. 이것은 실제적인 사건이라기보다 블랙 유머의 시각으로 만든 허구적이고 상상적인 스토리이다. 그러나 현실과 상상의 장면들은 절묘하게 교차되어, 그것들의 경계는 모호하다. 가령 "백화점 유리창에서 보이는 그의 얼굴"은 상상이고, "바리케이드는 참 많기도 해라"는 현실이지만 "피를 넣은 죄의 커피"는 상상의 장면이다. 시인은 이렇게 현실과 상상을 혼합시키면서 인간의 현실과 꿈의 세계가 분리하기 어려울 만큼 일치된 것을 보여주려 한다.

1 포탱Potin은 유명한 식료품 가게 이름이다.

2 크림 커피café-crème와 죄의 커피café-crime는 발음은 비슷하지만 뜻이 전혀 다른 말로, 시인이 말장난을 통해 크림 커피 한 잔에 담길 수 있는 비참한 현실을 패러디하고 있음을 확인하게 된다.

아침식사

그는 커피잔에
커피를 따랐지
그는 커피잔에
우유를 부었지
그는 우유 탄 커피에
설탕을 넣었지
그는 작은 스푼으로
커피를 저었지
그는 커피를 마시고
잔을 내려놓았지
말 한마디 하지 않고
그는 담배에
불을 붙였지
그는 담배 연기로
동그라미를 만들었지
그는 재떨이에
재를 털었지
내게 말 한마디 하지 않고
내게 눈길 한번 주지 않고

그는 일어섰지

그는 머리에 모자를 썼지

비가 내리고 있었기 때문에

비옷을 걸쳐 입었지

그리고 그는 떠났지

빗속으로 한마디 말도 없이

나를 처다보지도 않고

그래서 나는

두 손에 얼굴을 파묻고

울었지

——————— **「아침식사」**

　　이 시의 화자인 여성은 남자가 아침식사하는 장면을 기술한다. 남자는 아침식사를 한 후, 담배를 피우며 생각에 잠긴 듯하다가 여자를 쳐다보지도 않고 아무 말 없이 나갈 준비를 한다. 남자가 비옷을 입고 밖으로 나가자 여자는 그만 울음을 터뜨린다. 그러니까 이 시는 남자의 아침식사 장면, 그가 생각에 잠겨 있는 장면, 모자를 쓰고 비옷을 입는 장면, 여자가 우는 장면 등 네 개의 에피소드로 구성된 것이라고 할 수 있다. 마치 어떤 단편영화에서처럼 카메라 렌즈로 세밀하게 촬영한 것을 객관적이고 중립적인 언어로 옮겨놓은 듯한 이 시에서 여성 화자는 관찰의 행위를 통해 남자에 대한 깊은 관심과 애정을 드러낸다. 이 시의 끝에서 그녀가 "두 손에 얼굴을 파묻고 울었"다는 것은 남자의 사랑이 차갑게 식어버렸음을 깨닫고, 남자가 밖으로 나간 후 다시는 돌아올 것 같지 않은 불길한 생각과 앞으로는 계속 혼자서 외롭게 식사해야 할지 모른다는 예감 때문이다.

아름다운 인생

동물원의
철책 뒤에서
일생을 보내는 동물이 있지
그 불쌍한 동물과
우리는 형제나 다름없지

우리는 동정의 대상이 아니라
비난의 대상이지
우리의 잘못으로 갇혔으니까
우리가 무슨 짓을 한 것일까
복도에 갇힌 아이들
야외 들판에서 자란 아이들
세상은 우리를 내동댕이쳤지
인생은 우리를 내팽개쳤지

우리를 키운 어머니는 가난이고
우리를 키운 아버지는 술집이었지
우리는 요람 대신에
잡동사니 서랍 속에서 자랐지

사람들은 우리를 벌거벗긴 채
강 속에 떨어뜨렸지

우리는 아주 어렸을 때부터
감옥에 갇혀 지냈지
우리는 골방에서 잠들고
쳇바퀴 돌듯 맴돌아 지냈고
바깥 풍경을 보지도 못하고
노래를 부르지도 못했지

우리는 동정의 대상이 아니라
비난의 대상이지
우리의 잘못으로 갇혔으니까
우리가 무슨 짓을 한 것일까
복도에 갇힌 아이들
야외 들판의 아이들
세상은 우리를 내동댕이쳤지
인생은 우리를 내팽개쳤지

─────── 「아름다운 인생」

　　　　이 시는 '아름다운 인생'이라는 제목과는 달리, 어렸을 때부터 가난하고 열악한 환경에서 성장하여, 비행과 범죄를 상습적으로 저지른 탓에 감옥에 갇히게 된 불행한 청소년 범죄자들을 주제로 한 것이다. 시인은 그들과 동일시한 관점에서 '우리'라는 인칭대명사를 사용한다.

통제관

자 자

서두릅시다

자 자

자 서두릅시다

여행자들이 너무 많군요

여행자들이 너무 많군요

서두릅시다 서두릅시다

사람들이 줄 서 있군요

어디에서나

사람들이 많군요

플랫폼에서건

어머니의 뱃속 같은 통로에서건

자 자 서두릅시다

이제 문의 걸림쇠를 누릅니다

모두들 살아 있어야 합니다

그러면 죽기 살기로 애써야 합니다

자 자

자

정직하게 말합시다

자리를 내놓으세요

당신은 그 자리에 오랫동안

앉아 있을 수 없다는 걸 알겠지요

누구나 자기 자리에 있어야 합니다

잠시 한 바퀴 돌고 오라고 누군가 당신에게 말했지요

세계를 한 바퀴 돌거나

세계에서 한 바퀴 돌거나

한 바퀴 돌고 우리는 떠나는 겁니다

자 자

서두릅시다 서두릅시다

예의를 지키세요

밀지 마세요

인생이 하나의 여행이라면, 사람들은 살아 있는 동안 인생의 시간을 과연 얼마나 여행하듯이 자유롭게 지낼 수 있는 것일까? 우리의 인생은 결코 자유롭지 않다. 사람들은 인생의 시간 속에서 자유로운 여행의 주체이기는커녕 한평생 보이지 않는 통제관의 명령과 통제에 의해 쫓기듯이 살아갈 뿐이다.

푸코의 『감시와 처벌』에서 알 수 있듯이, 정보화 사회가 발전할수록 인간은 판옵티콘(원형감옥체제)에 노출된 수인의 운명을 살아가야 할지 모른다.

피 속의 노래 [1]

세계에는 거대한 피웅덩이들이 있다

사람들이 흘린 모든 피는 어디로 갔을까

그 피를 마시고 지구가 취한 것일까

그렇다면 그건 기이한 음주벽이지

어쩌면 그건 아주 현명한 방법일지도… 아니면 재미없는 방법일지도…

지구는 절대로 취하지 않고

지구는 비틀거리며 돌지도 않는다

지구는 규칙적으로 자신의 사계절 수레바퀴를 돌아가게 한다

비도 내리고… 눈도 내리고…

우박도 치고… 맑은 날도 있고

지구는 절대로 취하지 않는다

지구는 때때로 작은 화산이 폭발해도 그 불행을 잘 다스려 간다

지구는 돈다

지구는 나무들과… 정원들과… 집들과… 함께 돈다

지구는 커다란 피웅덩이들과 함께 돈다

살아 있는 모든 것들이 지구와 함께 돌고 피를 흘린다

지구는 아랑곳하지도 않는다

지구는

돌고 모든 살아 있는 것들은 울부짖기 시작한다

지구는 아랑곳하지도 않는다

지구는 돈다

지구는 멈추지 않고 돌고

피는 멈추지 않고 흐른다…

사람들이 흘린 모든 피는 어디로 갔을까

살인의 피… 전쟁의 피…

불행의 피…

그리고 감옥에서 고문당한 사람들의 피

아빠와 엄마에 의해 조용히 고문당한 아이들의 피[2]…

그리고 감옥에서

머리에서 피를 흘리는 사람들의 피

지붕 잇는 노동자가 지붕에서 미끄러져 떨어질 때[3]

지붕 잇는 노동자의 피

그리고 신생아와 함께… 태어난 지 얼마 안 되는 아이와 함께

다량으로 흘러나오는 피[4]

어머니는 비명을 지르고… 아이는 운다…

피는 흐른다… 지구는 돈다

지구는 멈추지 않고 돈다

피는 멈추지 않고 흐른다

사람들이 흘린 모든 피는 어디로 갔을까

곤봉으로 얻어맞은 사람들의 피… 치욕을 겪은 사람들의
피…

자살한 사람들의 피… 총살당한 사람들의 피…

그리고 그렇게… 사고로 죽은 사람들의 피

길 위로 한 생존자가 지나간다

몸속에 자기 피를 지닌 채

갑자기 그가 죽자

그의 모든 피가 밖으로 나오고

다른 생존자들이 흘러나온 피를 제거한다

그들이 시체를 끌고 가려 하지만

피가 완강히 버틴다

죽은 사람이 있었던 자리는

시간이 지나자 온통 검은색이다

약간의 피가 아직 눌어붙어 있다…

응고된 피 녹슨 생명 녹슨 육체

우유처럼 응결된 피

부패할 때의 우유처럼

지구처럼 부패할 때

부패하는 지구처럼[5]

우유와 함께 암소와 함께

생존자들과 함께 죽은 자들과 함께

나무와… 생존자들과… 집들과 함께… 도는 지구

결혼식과 함께…

장례식과 함께…

조개들과 함께…

군대와 함께… 돌고 있는 지구

거대한 피의 강물과 함께

돌고 돌고 도는 지구

이 시의 핵심은 '살인의 피', '전쟁의 피', '불행의 피'가 환기시키는 비인간 폭력의 세계를 고발하는 데 있다.

1 프레베르가 이 시를 쓴 시기는 1939년경이다. 당시는 프랑스가 나치 독일의 점령 하에 있었기 때문에, 모든 연극·영화·출판물들이 검열기관의 검열을 받게 되었다. 이 시를 처음 읽고 시인 앙리 미쇼가 큰 관심을 보이면서 N.R.F. 잡지에 발표하도록 권했다고 한다. 그 잡지 편집장은 나중에 프레베르에게 검열기관의 반대로 시를 발표할 수 없게 되어 유감이라는 편지를 보낸다. 이 시가 발표된 것은 1945년 4월 「거리 La Rue」라는 잡지에서이다.

2 아이들의 친구인 프레베르는 부모가 아이들의 자유와 순진성을 빼앗는다고 생각한다. 그런 점에서 부모는 아이들을 "조용히 고문하는" 사람들이다.

3 졸라의 소설 『목로주점』의 주인공 쿠포는 함석지붕공인데 지붕 일을 하다가 떨어져서 다리가 부러지게 된다. 그의 아버지 역시 같은 일을 하다가 지붕에서 미끄러져 머리를 다쳤다. 프레베르는 어렸을 때 『목로주점』에서처럼 건축 일을 하는 노동자가 지붕에서 떨어져 온몸이 피투성이로 중상을 입는 끔찍한 장면을 목격했다고 말한다.

4 '피'의 주제는 폭력과 죽음을 연상시키면서 동시에 생명의 탄생을 의미한다는 점에서 양면성을 갖는다.

5 "부패할 때의 우유처럼/ 지구처럼 부패할 때/ 부패하는 지구처럼"에서 '부패한다'는 것과 '돈다'는 것은 같은 단어 tourner이다. tourner는 '돌다, 변하다, 상하다, 부패하다'는 뜻을 갖는다. 위의 시 구절에서 '지구처럼'이라는 비유에도 불구하고, '돈다'고 번역하지 않은 것은 "부패할 때의 우유처럼"과 관련된 문맥이었기 때문이다.

IX

가정적

첫 날

장롱 속에 있는 하얀 침대시트

침대 속에 있는 빨간 시트

어머니 뱃속에 있는 아기

고통 속에 있는 어머니

복도에 있는 아버지

집 속에 있는 복도

시내에 있는 집

밤 속에 있는 도시

비명 속에 있는 죽음

그리고 삶 속에 있는 아기

───────── 「첫 날」

　　이 시는 화자의 주관적 관점이 배제된 시각으로 새로운 생명이 태어나는 과정과 죽음의 비명이 들리는 도시의 상반된 풍경을 단순화하고 객관화하여 그림으로써 매우 절제되고 압축적인 느낌을 준다.

어린이 사냥[1]

망나니! 불량배! 도둑놈! 나쁜 놈!

섬 위에서 새들이 보이네

섬 주위에는 사방에 물뿐이네

망나니! 불량배! 도둑놈! 나쁜 놈!

저 아우성치는 소리들은 무엇인가

망나니! 불량배! 도둑놈! 나쁜 놈!

어린이를 사냥하려고

점잖은 사람들이 무리 지어 다닌다네

어린이는 말했지 난 교도소가 지긋지긋해요

그러자 간수들은 열쇠로 아이의 이빨을 부러뜨렸네

그리고 간수들은 아이를 시멘트 바닥에 넘어뜨렸다

망나니! 불량배! 도둑놈! 나쁜 놈!

지금 그 아이는 도망쳤다네

그리고 쫓기는 짐승처럼

어둠 속을 달려갔네

그 아이를 뒤쫓아 모두들 달려갔네

그들은 헌병들 여행자들 금리 생활자들 예술가들이라네

망나니! 불량배! 도둑놈! 나쁜 놈!

어린이를 사냥하려고

점잖은 사람들이 무리 지어 다닌다네
어린이 사냥에는 허가증이 필요 없네
착한 사람들이 모두 그렇게 했다네
어둠 속에서 헤엄치는 건 무엇일까
저 불빛 저 소리들은 무엇일까
그건 도망치는 아이라네
사람들은 아이를 겨냥해 총을 쏜다네

망나니! 불량배! 도둑놈! 나쁜 놈!

해안 주변에서 모든 부르주아들은
아이를 잡지 못하자 화가 나서 얼굴이 새파래졌네
망나니! 불량배! 도둑놈!
너 이놈 육지로 돌아오기만 해봐라
섬 위에서 새들이 보이네
섬 주위에는 사방에 물뿐이네

프레베르에 의하면 어린이를 학대하는 모든 어른들은 '어린이 사냥꾼'과 같다. 이 시에서 비행청소년들을 짐승 취급하고 배척하는 어른들 속에 예술가들이 포함되어 있는 것은 의외로 생각된다. 물론 여기서 언급되는 예술가는 진정한 예술가가 아니라 작품보다 돈과 명성을 중요시하는 사이비 예술가일 것이다.

1 이 시는 1934년 9월 26일, 30명의 청소년들이 벨릴Belle-Isle 섬에 있는 교도소를 탈출한 사건을 소재로 한 것이다. 당시 신문 보도에 의하면, 청소년들은 형편없는 식사와 교도관들의 구타 등 열악한 수감 환경을 견디지 못해 탈옥을 시도했다고 한다. 샹송으로도 만들어진 이 시는 시민들의 분노를 촉발하며 많은 사람들로 하여금 교도소의 책임자를 규탄하는 수많은 시위 행렬에 참여하게 만든 원동력이 될 수 있었다.

가정적

어머니는 뜨개질을 하고

아들은 전쟁을 한다

어머니는 그게 아주 당연하다고 생각한다

그러면 아버지는 무엇을 하지?

아버지는 사업을 한다

그의 아내는 뜨개질을 하고

그의 아들은 전쟁을 하고

그는 사업을 한다

아버지는 그게 아주 당연하다고 생각한다

그리고 아들 그리고 아들

그 아들은 무슨 생각을 하지?

그 아들은 전혀 아무런 생각도 하지 않는다

아들의 어머니는 뜨개질을 하고 아들의 아버지는 사업을 하고 아들은 전쟁을 한다

전쟁이 끝나면

아들은 아버지와 함께 사업을 하겠지

전쟁은 계속되고 어머니는 계속 뜨개질을 한다

아버지는 계속 사업을 한다

아들은 전사하여 계속 전쟁을 하지 못하게 된다

아버지와 어머니는 묘지에 간다

아버지와 어머니는 그게 아주 당연하다고 생각한다

인생은 계속되고 인생과 함께 뜨개질과 전쟁과 사업도 계속
된다

사업 전쟁 뜨개질 전쟁

사업 사업 사업은 계속되고

인생은 묘지와 함께 계속된다

사업을 하는 아버지, 뜨개질을 하는 어머니, 아무런 생각 없이 전쟁을 하러 군대에 간 아들, 이렇게 세 사람으로 구성된 가정의 분위기를 희화한 이 시는 전쟁과 군대의 존재가 당연한 것이 아니라 증오하고 거부해야 할 대상임을 일깨우고 있다.

빨래

오오 죽은 고기의 끔찍하고 놀라운 냄새여

여름이지만 정원의 나뭇잎들은

가을인 것처럼 떨어져 죽어가네

저 냄새는 에드몽 씨가 사는

빌라에서 나오는 것이지

그는 가장이고

국장이라네

그날은 빨래하는 날

그건 그 집에서 나오는 냄새라네

국장이고

가장인 그는

군청¹ 소재지에 있는 그의 빌라에서

빨래통 주위를 왔다 갔다 하면서

그가 좋아하는 속담을 수없이 되풀이한다네

집안의 수치를 밖에 드러내서는 안 된다²

온 가족이 두려움과 수치심으로

시시덕거리고

몸을 떨고 솔질하고 문지르고 솔질하지

고양이는 멀리 달아나고 싶어 하지

모든 일이 고양이의 그런 마음을 불러일으키지

그 집 작은 고양이의 그런 마음을

하지만 문이 잠겨 있네

불쌍한 고양이는 토하고 있네

전날 먹은

아주 작은 염통고기 한 조각을

빨래통 물속에는 낡은 지갑들이 떠다니고 있네

어깨띠들도… 걸빵들도…

나이트 캡도… 경찰모자도…

보험증권도… 회계장부도…

돈 문제가 적혀 있는 연애편지

사랑 문제가 적혀 있는 익명의 편지

레지옹도뇌르 훈장의 약장

낡은 면봉 조각들

리본들 성직자의 긴 옷

우스꽝스러운 팬츠

신부의 드레스

국부가리개

간호사복

경기병 장교의 코르셋

배내옷들

석고가루색 바지

가죽바지…

갑자기 긴 울음소리

작은 고양이는 다리를 올려 귀를 막고 있네

그 소리를 듣지 않기 위해서지

왜냐하면 고양이는 그 집 아가씨를 좋아하기 때문이고

왜냐하면 울부짖는 건 그 아가씨이기 때문이지

가족들은 모두 그녀를 원망했지

그녀는 벌거벗은 채 울부짖고 눈물 흘렸지

머리를 개밀로 만든 빗으로 빗으면서

아버지는 딸에게 이성을 되찾으라고 말했지

처녀가 집안 망신을 시켰다고

온 가족이 그녀를 물에 빠뜨렸고

계속 물에 빠뜨렸네

그녀는 피를 흘리고

그녀는 울부짖지만

이름을 말하려 하지 않았네…

아버지도 울부짖었지

이 모든 일은 집 밖에 소문이 나면 안 돼

이 모든 일은 우리끼리만 알고 있어야 해

어머니는 말했네

아들들도 사촌들도 아이들도

모두 울부짖었네

횃대 위에 있는 앵무새도

되풀이 말했네

이 모든 일은 집 밖에 소문이 나면 안 돼

가문의 명예 때문이지

아버지의 명예 때문이지

아들의 명예 때문이지

성령이 깃든 앵무새의 명예 때문이지

그 집의 처녀가 임신했다네

이 집에서 사생아가 나와서는 안 돼

아버지의 이름을 모르기 때문이지

아버지와 아들의 이름으로

성령이라는 이름의 앵무새 이름으로

이 모든 일은 집 밖에 소문이 나지 않도록 해야 해…

할머니는 얼굴에 불가사의한 표정을 지으며

빨래통 가장자리에 앉아서

사생아를 위해

보릿대국화 왕관을 짜고 있네…

가족들은 맨발로

그 처녀를 짓밟았네

짓밟고 짓밟고 짓밟았네

그건 그 집안의 포도 수확 행사였네

명예의 포도 수확 행사

그 집의 처녀는 죽어갔네

사실은…

비누방울들의 표면에서

성모 마리아의 아들 같은 모습인

하얀 입자들

희끄무레한 입자들이

터졌네…

비누조각 위에서 사면 발이가

새끼들을 데리고 달아났네

시계가 10시 반을 쳤다네

가장이고 국장인 남자는

머리 위에 벙거지 모자를 쓰고

집을 나와

도청소재지의 광장을 가로질러 가다가

그에게 인사하는 부국장의

인사를 받고 답례로 인사하지…

가장의 다리는 빨갛지만

구두는 왁스로 닦아 빛이 났다네

남에게 동정을 받는 것보다는 남들이 부러워하는 사람이 되

어야 하는 법 [3]

─────── 「빨래」

이 시는 시집가지 않은 딸이 임신하게 된 것을 가문의 수치이자 더러운 얼룩처럼 생각하는 부르주아 가장과 가정을 풍자한 것이다. 그 얼룩을 지우기 위해 오직 빨래하는 일에만 몰두해 있는 사람들의 머릿속에 생명을 죽인다는 의식은 조금도 없다.

1 군청이라고 번역한 canton은 시(市)의 구(區)나 군(郡)을 뜻하는 arrondissement보다는 작고, commune(읍이나 면)보다는 큰 단위의 행정구역을 가리킨다.

2 "집안의 수치를 밖에 드러내서는 안 된다 Il faut laver son linge sale en famille"는 속담을 글자 그대로 해석하면 "더러운 속옷은 가족끼리 모여서 빨래해야 한다"는 뜻이다. 시인은 이 속담을 환유적으로 해석하여 이것을 주제로 '빨래'라는 제목의 시를 만든 것이다.

3 "가장의 다리는 빨갛지만/ 구두는 왁스로 닦아 빛이 났다"는 표현에서, '다리가 빨간 것'은 포도 수확기에 포도를 잔뜩 담은 나무통 속에 사람들이 들어가 포도를 밟는 행사를 비유한 것 때문일 수도 있고, 딸의 뱃속에 있는 사생아를 죽였기 때문에 생긴 핏물의 흔적을 암시한 것일 수도 있다. 또한 "구두가 왁스로 빛이 났다"는 것은 남들에게 어떻게 보이는지 신경을 쓰는 부르주아들의 위선을 보여주는 표현이다. 끝으로 남에게 "동정을 받는 것보다는 남들이 부러워하는 사람이 되어야 한다 Il vaut mieux faire envie que pitié"는 것은 오래된 속담이다.

구름들

내 양털 스웨터를 찾으러 갔는데 어린 염소가 날 따라왔어요
잿빛 털의
어린 염소는 큰 염소처럼 경계하는 빛이 없었지요
어린 염소는 아주 작았지요

그녀 또한 아주 어렸지만
그녀의 마음속에 무언가가 어른들처럼 노인들처럼 말하게
했지요
이미
그녀는 끔찍한 문제들을 알고 있었지요
예를 들면
사람을 경계해야 한다는 것이지요
그래서 그녀는 어린 염소를 지켜보았고 어린 염소도 그녀를
지켜보았지요
그러다가 그녀는 울고 싶었지요
그녀는 말했지요
이 염소는 나와 같아
조금은 슬프고 조금은 유쾌하지
그리고는 큰 소리로 웃었지요

그러자 비가 내리기 시작했어요

──────── 「구름들」

　　프레베르 시의 화자는 남자가 아니라 여자인 경우도
많은데 이 시의 화자도 여자이다. 그 여자의 마음은 구름처럼
하얗고 순수하다.

고래잡이

고래 잡으러 가자, 고래 잡으러 가자,

아버지는 화난 목소리로

장롱 속에 누워 있는 아들 프로스페에게 말했네

고래 잡으러 가자, 고래 잡으러 가자,

넌 가고 싶지 않냐

도대체 무슨 이유 때문이냐?

왜 내가 동물을 잡으러 가야 해요?

내게 아무 짓도 하지 않았는데요 아빠,

가세요 아빠, 아빠 혼자 잡으러 가세요

아빠는 고래잡이를 좋아하시니까요

난 불쌍한 엄마와 사촌 가스통과 함께

집에 있는 게 좋겠어요

그러자 아버지는 혼자서 고래잡이 배를 타고

풍랑이 심한 바다로 떠났다네⋯

아버지는 바다에 있고

아들은 집에 있고

고래는 화가 났다네

그리고 사촌 가스통은 수프 그릇을

수프 그릇을 엎질렀다네

바다는 나빴고

수프는 좋았네

오 저런 프로스페는 의자 위에 앉아 슬픔에 잠겨 있네.

난 고래 잡으러 가지 않았어,

왜 내가 가지 않았을까?

아마도 누군가 고래를 잡았을 테지.

그러면 난 고래 고기를 먹을 수 있겠지

그런데 문이 열리더니 아버지가

물에 흠뻑 젖은 채

가쁜 숨을 몰아쉬며

고래를 등에 짊어지고 나타났네

아버지는 식탁 위에 고래를 던져놓았네

파란 눈의 아름다운 고래를

좀처럼 보기 드문 그 동물을

그리고 아버지는 애처로운 목소리로 말했네

빨리 서둘러서 고기를 썰어주렴

난 배고프고, 목마르고, 먹고 싶구나.

그러나 프로스페는 벌떡 일어나

아버지를 똑바로 쳐다보았지

아버지의 푸른 두 눈을

푸른 눈의 고래 눈처럼 푸른 두 눈을 똑바로 쳐다보았지

왜 내가 불쌍한 동물의 고기를 썰어야 하나요 나에게 아무

짓도 안 했는데요

할 수 없어요 난 그 일을 못해요

그런 후 그는 칼을 땅에 던져버렸네

하지만 고래가 칼을 집어 들고 아버지에게 달려들어서 찔렀네

칼은 앞쪽에서 뒤쪽으로 관통했지[1]

아, 아, 사촌 가스통이 말했네

사냥했던 일이 생각나는군 나비 사냥했던 일이

오, 저런

프로스페가 벌써 부고장을 만들고 있네

불쌍한 남편을 잃은 어머니

고래는 가장을 잃은 가정을 돌아보고

눈물 흘리며 소리쳤네

왜 내가 이 불쌍한 얼간이를 죽였단 말인가

지금 다른 사람들이 모터보트를 타고 날 잡으러 오겠지

그리고 우리 식구 모두를 죽이려 하겠지

그러면서 고래는 무서운 웃음을 터뜨리더니

문 쪽으로 가다가 도중에 문득

미망인에게 말했다네!

부인, 누군가 나를 찾으러 오면 이렇게

친절히 대답해주세요

고래는 떠났어요

앉으세요,

여기서 기다리세요,

고래는 한 십오 년 후에나 돌아올지 모른다구요…

─────── **「고래잡이」**

　　　이 시에는 이상한 구절들이 많다. 우선 아들 프로스
페는 침대 위에 누워 있지 않고 장롱 속에 누워 있는 것이다. 그
렇지만 아이가 장롱 속에 누워 있는 일은 얼마든지 가능하다.
어린아이는 부모의 눈을 피해 문 뒤에서건 식탁 밑에서건 숨는
것을 좋아하기 때문이다. 무엇보다 이상한 것은 고래 잡으러 간
아버지가 "고래를 등에 짊어지고 나타났다"거나 고래가 사람처
럼 "칼을 집어 들고 아버지에게 달려들어서 찌르"고 도주하면
서 자기를 잡으러 온 사람들에게 어떤 식으로 대답해달라고 말
한 부분이다.

　　　그러나 이렇게 이상하다고 생각하는 것은 현실의 논
리에 근거한 어른들의 사고방식일 뿐이다. 어린이의 상상 세계
에서 이 모든 일은 이상하지도 않고 불가능하지도 않기 때문이
다. 프레베르는 이러한 동화적 세계를 그리면서 어른들에 대한
어린아이의 반항을 때로는 암시적으로 때로는 직접적으로 서
술한다. 이 시에서 아들 프로스페의 첫 번째 반항은 권위적인
아버지가 고래 잡으러 가자고 하는데 그 제안을 거부한 일이고,

두 번째 반항은 아버지가 잡아온 고래를 먹을 수 있게 썰어달라고 한 요청에 따르지 않은 일이다. 이러한 두 가지 반항적 행위들의 차이는 분명하다. 첫 번째가 아이의 소극적 반항의 몸짓이라면, 두 번째는 "아버지를 똑바로 쳐다보고" 아버지와 대등한 입장에서 맞서 싸운 적극적 반항의 행동이다. 그러한 아이의 반항과 반란은 아무 일도 아닌 것처럼 거침없이 실행된다. 도덕적인 의식 없이 자행되는 여러 사건들 속에서 고래가 아버지를 죽였는데도, 아무도 슬퍼하지 않는 것은 아버지가 나쁜 사람이고, 나쁜 사람은 죽어도 괜찮기 때문이 아니라, 현실의 법과 도덕을 초월하여 모든 일이 가능한 상상의 세계에서 전개되는 사건이기 때문이다. 상상의 세계에서도 최소한의 윤리가 필요하다고 생각하는 사람이 있다면, 그는 이런 시를 읽을 자격이 없을지 모른다. 이 시의 끝부분에서 "십오 년 후에나 돌아올" 것이라고 한 고래의 유머뿐 아니라, 시인의 날카로운 풍자와 재기가 번뜩이는 표현들은 눈부실 정도이다.

1 불어에서 "de part en part"는 "한쪽에서 다른 한쪽으로 관통해서"라는 의미의 관용구적 표현이다. 그런데 이 시에서 시인은 "de père en part" 즉 part(몫이나 부분) 대신에 père(아버지)로 철자를 바꾸어 놓음으로써, 아버지의 몸 앞쪽에서 뒤쪽까지 칼이 관통했음을 표현하려고 한다.

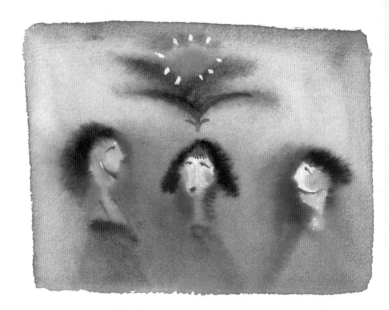

미술학교 [1]

밀짚으로 엮은 바구니 속에서

아버지는 작은 종이 뭉치를 골라서

물그릇에

던졌지

놀란 아이들 앞에는

온갖 색깔의 꽃

커다란 일본 꽃 [2]

순식간에 피어오른 연꽃이

솟아올랐지

그러자 아이들은

경탄하며 입을 다물었지

아무리 세월이 지나도 아이들의 추억 속에

피어 있는 그 꽃은 절대로 시들지 않으리

아이들을 위해서

아이들 앞에서

서둘러

갑자기 피어오른 그 꽃은

─────────── 「미술학교」

1   프레베르는 이 시를 아폴리네르의 칼리그람Calligramme처럼 시구의 배열을 꽃이 담긴 화분의 도형에 맞추어 작성했다고 한다. 그만큼 시인에게 강한 인상을 남긴 아름다운 연꽃이 피어오르는 모양을 시인은 문자의 시각화와 도형화로 표현하고 싶었던 것이다.

2   소설에 대한 적대감을 드러낸 브르통과는 다르게, 프레베르는 초현실주의 그룹에 속해 있었을 때에도 도스토예프스키의 소설이나 프루스트의 소설을 즐겨 읽었다고 한다. 플레이아드판 프레베르 시 전집을 펴낸 연구자는 이 시의 중심적 주제라고 할 수 있는 일본 꽃이 프루스트의『잃어버린 시간을 찾아서』를 읽은 시인의 기억과 관련되었을 것으로 추정한다. 일본 꽃과 이 소설의 관련된 부분은 다음과 같다.

"그것이 레오니 아주머니가 주던 보리수차에 적신 마들렌 조각의 맛이라는 것을 깨닫자마자(그 추억이 왜 나를 그렇게 행복하게 했는지 당시에는 알지 못했다. 그 이유를 알아내는 일은 훨씬 후로 미루어야 했다.) 아주머니의 방이 있던, 길 쪽으로 난 오래된 회색 집이 무대장치처럼 다가와서는 우리 부모님을 위해 뒤편에 지은 정원 쪽 작은 별채로 이어졌다.(내가 지금까지 떠올린 것은 단지 그 잘린 벽면뿐이었다.) 그리고 그 집과 더불어 온갖 날씨의, 아침부터 저녁때까지의 마을 모습이 떠올랐다. 점심식사 전 심부름하러 가던 거리며 광장이며 날씨가 좋은 날이면 지나가곤 하던 오솔길들이 떠올랐다. 일본 사람들의 놀이에서처럼 물을 가득 담은 도자기 그릇에 작은 종잇조각들을 적시면, 그때까지 형체가 없던 종이들이 물속에 잠기자마자 곧 펴지고 뒤틀리고 채색되고 구별되면서 꽃이 되고, 집이 되고, 단단하고 알아볼 수 있는 사람이 되는 것처럼, 이제 우리 집 정원의 모든 꽃들과 스완 씨 정원의 꽃들이, 비본 냇가의 수련과 선량한 마을사람들이, 그들의 작은 집들과 성당이, 온 콩브레와 근방이, 마을과 정원이, 이 모든 것이 형태와 견고함을 갖추며 내 찻잔에서 솟아 나왔다." (김희영 역,『잃어버린 시간을 찾아서 1 - 스완네 집 쪽으로 1』, 민음사, 2012, p. 90)

X

사회에서 웃는 자가
되기 위해

사회에서 웃는 자가 되기 위해

조련사는 사자의 입속에
자기의 머리를 집어넣었다
나는
다만 사교계의 목구멍 속에
두 손가락을 집어넣었을 뿐이다
그래서 사교계는 나를 물어뜯을 시간이 없었다
단지
자기가 좋아하는
약간의 금빛 담즙을
울부짖으며 토했을 뿐이다
유익하고 재미있는
이 곡예에서 성공하려면
많은 피를 흘리더라도 [1]
조심스럽게 손가락을 씻어야 한다

사람은 저마다 자신의 서커스가 있는 법이다.

시인은 첫 번째 시집 『말』(1946)의 폭발적인 성공과
는 달리, 두 번째 시집 『스펙터클』(1951)이 비평가들로부터 혹평
을 받게 된 충격을 이렇게 소화시켰다. 그는 '문학계'를 '사교계'
에 비유하고 동시에 먹을 것을 찾아 물어뜯으려는 사자로 표현
한다.

1   dans une pinte de bon sang을 "많은 피를 흘리더라도"라고 번역을
했지만, 이것과 관련되는 관용구로 se faire une pinte de bon sang이 매
우 기뻐하다, 즐거워하다의 뜻을 갖고 있는 점에서는 "즐거워하면서"라고 번
역할 수도 있을 것이다. 그러나 이렇게 번역하지 않은 것은 그 다음 행에 나온
"조심스럽게 손가락을 씻어야 한다"는 구절 때문이다.

대화

동전지갑 :

    난 이론의 여지없이 유익해 이건 사실이야

우산꽂이 :

    동의해 그렇지만 알아두어야 할 것은 내가 없으면 나

    와 같은 물건을 꼭 만들어내야 한다는 거지

기수 :

    나는 설명하지 않겠어

    나는 겸손하니까 입 다물고 있겠어

    게다가 난 말할 권리도 없으니까

부적 :

    나는 행운을 가져다주지 그게 내 일이기 때문이야

그러자 다른 셋은 (고개를 끄덕이며) 그건 참 좋은 일이군!
이라고 말한다.

──────── 「대화」

　　　사물들의 대화를 직접화법으로 옮겨놓은 이 시에서 특이한 것은 기수의 존재이다. 기수는 사물이 아니라 사람이기 때문이다. 그런데도 기수는 당당하게 말하는 다른 사물들과는 다르게 아무 말도 하지 못한다. 그에게는 "말할 권리"도 없다. 이것은 시인 프레베르의 '반군(反軍)사상antimilitarisme'을 반영한다. 「외출허가증」에서도 알 수 있듯이, 그는 개인의 자유를 인정하지 않는 군대사회를 풍자하고 야유한다. 군인 '기수'는 인간이 아닌, 사물화된 존재일 뿐이다.

천사와의 싸움

뭐가 이래

모든 일이 미리 짜여진 대로야

시합은 사기야

마그네슘 불빛이 둘러싼

링 위로 그가 나타나자

그들은 목이 터져라 테데움[1]을 부르고

네가 의자에서 일어나기도 전에

그들은 힘껏 종을 울리고

너의 얼굴에

빌어먹을 타월을 던지겠지

그러면 넌 싸울 시간이 없겠지

그들이 너에게 달려들고

너의 허리 아래쪽을 후려치겠지

넌 나가떨어지겠지

바보같이 두 팔을 십자가처럼 벌린 채

톱밥 속으로

그러면 넌 다시는 여자와 잠잘 수가 없겠지

——————— 「천사와의 싸움」

이 시의 의미는 모호하다. 이 시에서 '그'와 '그들'이라는 인칭대명사는 천사와 천사에 동조하는 사람들을 가리킨다. 그런데 너와 천사와의 싸움에서 '너의 허리 아래쪽을 후려치'는 천사의 비신사적 행위를 어떻게 이해할 수 있을까? 여하간, 이 시는 성경의 「창세기」에 나오는 야곱과 천사와의 싸움에서 야곱이 이겨 하느님의 축복을 받는다는 것을 근거로 했다는 해석을 가능하게 한다.

1　Te Deum은 라틴어로 감사와 찬송의 노래를 뜻한다.

천사인 것은

천사인 것은
이상한 일이야
천사가 말했다
당나귀라는 것은
바보 같은 거야라고
당나귀가 말했다
그건 아무 의미도 없는 말이지
천사가 어깨를 으쓱하면서 말했다
그렇지만
그렇게 이상하다는 것은 뭔가를 의미하지
바보 같은 건 이상한 것보다 더 이상한 거지
당나귀가 말했다
이상한 일이 있어
천사는 발로 소리를 내면서 말했다
당신은 이상한 이방인[1]
당나귀는 말하고
가버렸다.

─────── 「천사인 것은」

1   이 시구의 원문은 Etranger vous-même이다. 이것을 직역하면 "이방인 당신 자신"인데, '이상한'이라는 말을 덧붙여 번역한 것은 첫 행과 둘째 행의 Etre ange/ C'est étrange가 같은 음의 단어들로 만든 것이어서 에트르 앙주(천사인 것)와 에트랑주(이상한)는 동음이의어이고 étrange(이상한)에서 étranger(이방인)가 연상되어 나온 말임을 번역에서 암시하려 했기 때문이다.

나르시스

나르시스가 알몸으로 목욕한다

알몸의 예쁜 여자들이 그를 보러 온다

나르시스는 물에서 나와 여자들에게 가까이 가고

자기의 모습이 전과 같지 않다는 것을 알게 된다

그의 몸에서 어떤 변화가 있게 된 것이다

그는 자기도 모르게

젊은 말처럼

자신의 타고난 남성의 증거를 보인 것에 놀라

손으로 자기의 그 부분을 애무한다

그러고는 난처해지기보다 경탄하는 마음이 들어

물속으로 되돌아가서

여자들을 바라본다

그런 후

물속에 반쯤 몸을 담근 상태에서

자기 몸을 바라보다가

물의 굴절 현상으로

음경이 부러졌다는 것을

알게 된다

그래서 그는 익사한 것이다

어린애처럼 실망하고 절망했기 때문에

──────── 「나르시스」

　이 시는 물에 비친 자신의 모습에 반해서 물속에 빠져 죽었다는 나르시스의 신화를 패러디한 것이다.

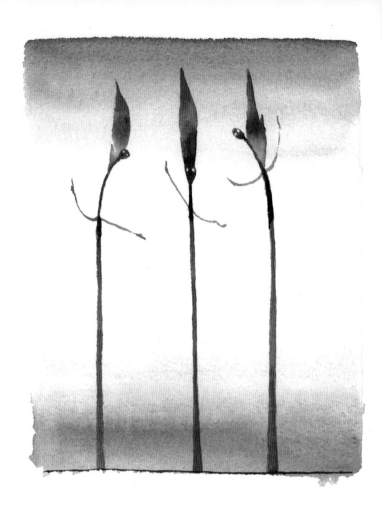

하면 안 된다

지식인들이 성냥을 갖고 놀게 하면 안 된다
왜냐하면 그 사람들을 혼자 내버려두면 안 되니까
그 사람들의 정신세계가
전혀 명석하지 못하기 때문이니까
그 사람은 혼자 있자마자
제멋대로 일하기 때문이니까

　　　어린아이와 새의 친구, 프레베르는 연구실에서 실험하거나 관념적인 사고를 하는 지식인들을 별로 좋아하지 않는다. 그러나 이 시에서 비판적으로 그려지거나 야유의 대상으로 표현되는 지식인들은 보편적인 지식인이라기보다 원자폭탄을 발명하여 권력에 이용된 과학자들이거나 사리사욕을 취하기 위해서 연구를 하는 사람들을 가리킨다고 할 수 있다.

자크 프레베르,
거리의 초현실주의자

– 그가 좋아하는 것과 싫어하는 것

오생근 (서울대 명예교수)

1

이브 몽탕의 유명한 샹송 「고엽 Les feuilles mortes」의 작사자이기도 한 자크 프레베르(1900~1977)의 시는 친숙하면서도 낯설고 새롭다. 그의 시가 친숙한 까닭은 지식인의 관념적 언어가 아닌 보통사람들의 일상 언어로 구성되었기 때문이고, 새로운 이유는 전통적인 순수시의 규범을 무너뜨린 그의 반(反)시적이고, 파격적인 형태와 의미 때문이다. 바타유의 말처럼, 그의 시는 대부분 전통적인 시에 대한 거부이자, 조롱이다. 『에로티즘』의 저자인 바타유는 프레베르의 『말』(1946)을 서평하는 자리에서 이렇게 말한다. "시가 무엇인지를 말하려고 할 때, 프레베르의 『말』은 필자에게 일종의 환희를 느끼게 한다. 자크 프레베르의 시는 분명히 시의 이름으로 정신을 경직되게 만드는 모든 것에 대한 생생한 거부이자 조롱이라고 할 수 있다. 왜냐하면 시는 시의 생명 속에서 시를 조롱할 수 있는 하나의 사건과 같은 것이기 때문이다"[1] 프레베르의 시가 전통적 시의 모든 규범을 위반하고, 사회의 모든 권위와 가치관에 대한 이의제기를 보여주었다는 점에서 바타유는 이렇게 '사건의 시'를 말한다. 바타유는 시의 본성이 사건과 분리될 수 없는 것이자, 사건 자체라고 말한다. 사건은 위반이고, 전복이고, 변화이다. '사건'은 사람들의 의식을 변화시키고, 고정된 가치관을 뒤흔들고 새로운 감동을 불러일으키는 것이기 때문이다. 바타유의 말을 다시 인용하면 이렇다. "존재는 끊임없는 변화를 통해서 죽음을 피해야 하고, 자기 자신에 대해 동일자로 머물지 않고 타자가 되어야 한다."[2] 시의 존재 역시 마찬가지이다. 또한 프레베르의 시가 변화의 사건인 것은 전통적인 '순수시' 혹은 '시적인 시'의 규범이 완전히 무시되고 파괴되기 때문이다. 프레베르의 시는 변화된 시이자 모든 것을 변화시키는 시이다.

2

프레베르는 1925년부터 1930년 초까지 초현실주의 그룹에 속해 있었다. 가난한 집안형편과 독립적인 정신 때문에, 초등교육과정을 이수한 다음 학교를 떠나 정규 교육을 제대로 받은 적이 없었던 그

---

1 G.Bataille, "De l'âge de pierre à Jacques Prévert", *Œuvres complètes tome XI*, Gallimard, 1988, p. 91.

2 같은 책, 같은 면

는 초현실주의자들과의 만남을 통해서 많은 것을 배웠다고 한다. 그는 초현실주의자들과 함께 지내며 인문학과 문학을 많이 알게 되었다는 것과 로트레아몽, 윌리엄 블레이크, 랭보 등의 시인들을 읽게 되었음을 말한다. 이런 점에서 초현실주의는 그에게 학교나 다름없었다. 그러나 초

화가 피카소가 그린 자크 프레베르

현실주의 그룹에 속해 있는 동안, 그는 시를 쓰지는 않았다. 그는 그 시절의 자신이 "작가(l'homme de plume)라기보다 불량배(l'homme de main)"였음을 고백한 바 있다. 그의 친구인 작가 미셸 레리스는 프레베르가 이론적 실험에만 몰두했던 초현실주의자들과는 달리 거리의 초현실주의를 구현한 시인이었다고 증언한다.[3] 실제로 젊은 날의 그는 시에 대한 관심보다 영화에 대한 관심이 많았다. 그렇기 때문에 그는 시인이 되려고 노력한 적도 없고, 시인이나 작가 행세

3   M.Leiris, "Prévert raconte... entretien avec Pierre Ajame", *Les nouvelles littéraires*, février, 1967.

화가 후앙 미로와 함께 있는 자크 프레베르

를 한 적도 없었으며, 시
인의 역할을 정의하려
는 시도도 하지 않았다.
다만 시인이란 사람들이
꿈꾸고, 상상하고, 마음
속 깊이 원하는 것을 표
현하는 사람이라는 생
각만 가졌다고 한다. 그
에게 시인이란 특별한
재능을 타고난 사람이 아니라, 보통사람의 기쁨과 슬픔, 사랑과 분
노의 감정을 공감하는 사람일 뿐이다. 이런 점에서 그는 연구실이나
작업실에서 시를 쓰는 사람이 아니라, 거리에서건 카페에서건 영감
이 떠오른 대로 자유롭게 시를 쓴 시인이라고 할 수 있다.

그는 좋아하는 것과 싫어하는 것이 분명한 사람이다. 어떤 의미
에서 그는 자기가 좋아하는 것을 왜 좋아하고, 싫어하는 것을 왜 싫
어하는지를 시적으로 표현하기 위해서 시를 썼는지 모른다. 그가 좋
아하는 것은, 아름답고 단순하고, 자연스러운 것, 아이와 여자, 새와
말 등의 동물들, 꽃과 나무와 같은 식물, 사랑과 자유 같은 것들이
고, 그가 싫어하는 것은 비인간적이고, 위선적이고, 복잡한 것, 경직
된 사고방식의 어른들과 노인들, 위선적인 부르주아들, 전쟁과 폭력
등이다.

3

프레베르가 좋아하는 것과 싫어하는 것을 중심으로 그의 시를 설명하면 다음과 같다. 우선 그의 시에서 동물이 많이 등장하는 것은 동물에 대한 그의 각별한 애정 때문일 뿐 아니라, 인간적인 존재로 표현되는 동물을 통해서 우리의 삶을 돌아보게 하려는 의도 때문이다. 가령 「가을」이란 시는 이 계절을 그릴 때 흔히 표현되는 단풍이나 낙엽 대신에 "말 한 마리 가로수길 한복판에 쓰러져 있다"로 단순화되어 말의 죽음이 아닌 인간의 쓸쓸한 삶과 죽음의 분위기를 전달해준다. 「장례식에 가는 달팽이들의 노래」는 겨울을 견디며 봄을 맞이하는 달팽이들을 주인공으로 삼아 삶의 기쁨과 축제의 삶을 노래한다. 또한, 「고래잡이」는, 아버지와 아들의 대립, 아버지의 고래사냥과 고래의 살인이라는 초현실적 상상의 세계를 통하여, 죄의식 없이 고래를 살해하는 권위적인 아버지를 비판하는 이야기를 보여준다.

프레베르는 동물 중에서 새를 가장 좋아한다. 「외출허가증」과 「복습노트」는 새가 의미 있는 존재로 등장하는 대표적인 시들이다. 「외출허가증」에서 화자는 위계질서를 철저히 지켜야 하는 군대사회에서의 계급장 대신에 새를 올려놓는 특이한 발상을 보이고, 「복습노트」에서는 새와 함께 놀고 있는 아이의 시각으로 학교 안보다 학교 밖에서 많은 것을 배울 수 있다는 시인의 생각을 표현한다. 또한 「열등생」, 「학교에서 나와」, 「겨울 아이들을 위한 노래」는 모두 아

자크 프레베르와 화가 피카소의 즐거운 한때

이들이 주인공으로 등장해 아이들이 원하는 것과 꿈꾸는 세계를 보여준다. 「열등생」의 주인공은 억압적인 학교와 '온갖 질문을 하는' 권위적인 교사에게 순응하지 않고 검은색의 획일적인 '불행의 칠판'에 '여러 가지 색깔의 분필'을 들고 '행복의 얼굴'을 그리는 반항을 표현한다. 「학교에서 나와」는 시인과 어린이가 일체를 이룬 복수 1인칭의 화자를 통해 꿈의 기차를 타고 마치 「80일 간의 세계일주」에서처럼, 거침없이 자유롭게 세계의 여러 지역을 여행하는 모험담을 이야기한다. 「겨울 아이들을 위한 노래」의 주인공은 아이들이 만든 눈사람이다. 이시가 특히 흥미로운 것은 눈사람이 한자리에 고정되어 있지 않고 거리를 말처럼 뛰어가기도 하고, 집 안으로 뛰어들기도 한다는 점이다. 이 눈사람의 질주가 따뜻한 집의 난로 위에서 끝난다는 발상은 참으로 놀랍다.

프레베르는 아이들을 좋아하는 만큼, 아이들의 순수한 마음과 단순성을 지닌 여자를 사랑하고, 아이들의 순수한 마음을 잃어버린 어른들, 특히 위선적이고, 계산이 빠르고, 자기만 옳다고 주장하는 편협한 어른들과 노인들을 싫어한다. 「바르바라」와 「빨래」에서는 그가 좋아하는 것과 싫어하는 것이 분명히 드러나 있다. 「바르바라」는 전쟁을 비판하는 시이고, 「빨래」는 위선적인 부르주아 가장을 야유한 시이지만, 「바르바라」에서는 비를 맞으며 사랑하는 남자에게 달려가는 여자의 모습이 매우 아름답게 그려져 있고, 「빨래」는 임신한 딸을 유산시키는 비인간적인 가장과 가정의 이야기를 담는다.

사랑은 프레베르의 시에서 가장 중요한 주제이다. 행복한 사랑을 그린 것이건, 이별의 슬픔을 그린 것이건 간에, 사랑을 주제로 한 시들은 참으로 많다. 「내 사랑 너를 위해」, 「그 사랑」, 「아침식사」, 「크고 붉은」, 「감옥 지키는 사람의 노래」, 「밤의 파리」 등은 모두 사랑의 기쁨과 슬픔 혹은 사랑의 욕망과 기다림을 표현한 시들이다. 「내 사랑 너를 위해」는 사랑이 소유의 욕망으로 변질되었을 때, 그것은 소멸될 수밖에 없다는 것을 말하고, 「그 사랑」은 "그토록 사납고/ 그토록 연약하고/ 그토록 부드럽고/ 그토록 절망적"인 사랑의 다양한 얼굴을 묘사하면서 사랑의 가치가 변함없는 것임을 강조한다. 「아침식사」는 대화 없는 남녀의 냉랭한 분위기를 통해서 남자의 사랑이 식어버렸음을 마치 영화의 카메라를 이용한 듯한 방법으로 보여주고, 「크고 붉은」은 겨울의 크고 붉은 태양과 같은 마음으로 떠나간 사랑에 대한 그리움을 노래한다. 「감옥 지키는 사람의 노래」는 화자가 사랑하는 여자를 감옥에 가두어놓듯이 묶어

두었지만, 여자의 떠날 자유와 돌아올 자유가 있다는 것을 뒤늦게 깨달은 자의 탄식이다. 끝으로「밤의 파리」는 어둠 속에서 성냥불을 켜고 사랑하는 사람의 얼굴과 눈과 입을 언제라도 잊지 않겠다는 화자의 곡진한 사랑의 감정을 표현한다. 이처럼 그의 시들에는 사랑의 회한과 진실을 객관화시키고 생생한 감동을 전달하는 시인의 능력이 한결같다.

4

프레베르는 1960년에 한 방송국 인터뷰에서 다음과 같이 말한 바 있다. "나는 여자이고, 남자이고, 모든 사람들이기도 하다. 그만큼 나는 여자뿐 아니라 주변의 모든 사람들을 사랑한다." 이렇게 그는 자신의 자아를 넓히면서 사랑하는 사람들을 자기와의 특별한 관계에 한정짓지 않고, 자기가 공감할 수 있는 모든 사람들이라고 말한다.

이처럼 사랑에 대한 각별한 의미 부여는 시간과 공간의 한계를 뛰어넘어 지속적인 생명력을 가질 수 있는 프레베르 시의 중요한 시적 자원이다. 우리는 그의 시에서 이 시집의 첫 번째 시 제목처럼 그가 공감하고 사랑하는 모든 사람들의 '마음의 소리'를 들을 수 있다. 때로는 불협화음처럼 들려오기도 하지만, 한결같이 진실을 외치는 그 '마음의 소리'에서 우리는 그가 좋아하는 것이 사랑과 자유이고, 그

가 싫어하는 것이 사랑을 파괴하고 자유를 억압하는 모든 것임을

알 수 있었다.